KB262383

劍帝溟月

검제 진소월

FANTASTIC ORIENTAL HEROES

류연 新무협 판타지 소설

검제 진소월 5

류연 新무협 판타지 소설

초판 1쇄 찍은 날 § 2011년 3월 8일
초판 1쇄 펴낸 날 § 2011년 3월 15일

지은이 § 류연
펴낸이 § 서경석

총괄팀장 § 유경화
편집책임 § 박우진

펴낸곳 § 도서출판 청어람
등록번호 § 제1081-1-89호
등록일자 § 1999. 5. 31
어람번호 § 제2-2058호

주소 § 경기도 부천시 원미구 심곡2동 163-2 서경B/D 3F (우) 420-822
전화 § 032-656-4452 팩스 § 032-656-4453
http://www.chungeoram.com
E-mail § chungeoram@chungeoram.com

ISBN 978-89-251-2452-0 04810
ISBN 978-89-251-2229-8 (세트)

劍帝輪月

검제 진소월

[완결]

5

류연 新무협 판타지 소설

FANTASTIC ORIENTAL HEROES

제 2부 멸검대제 - 부수어 바로잡다

도서출판 청어람

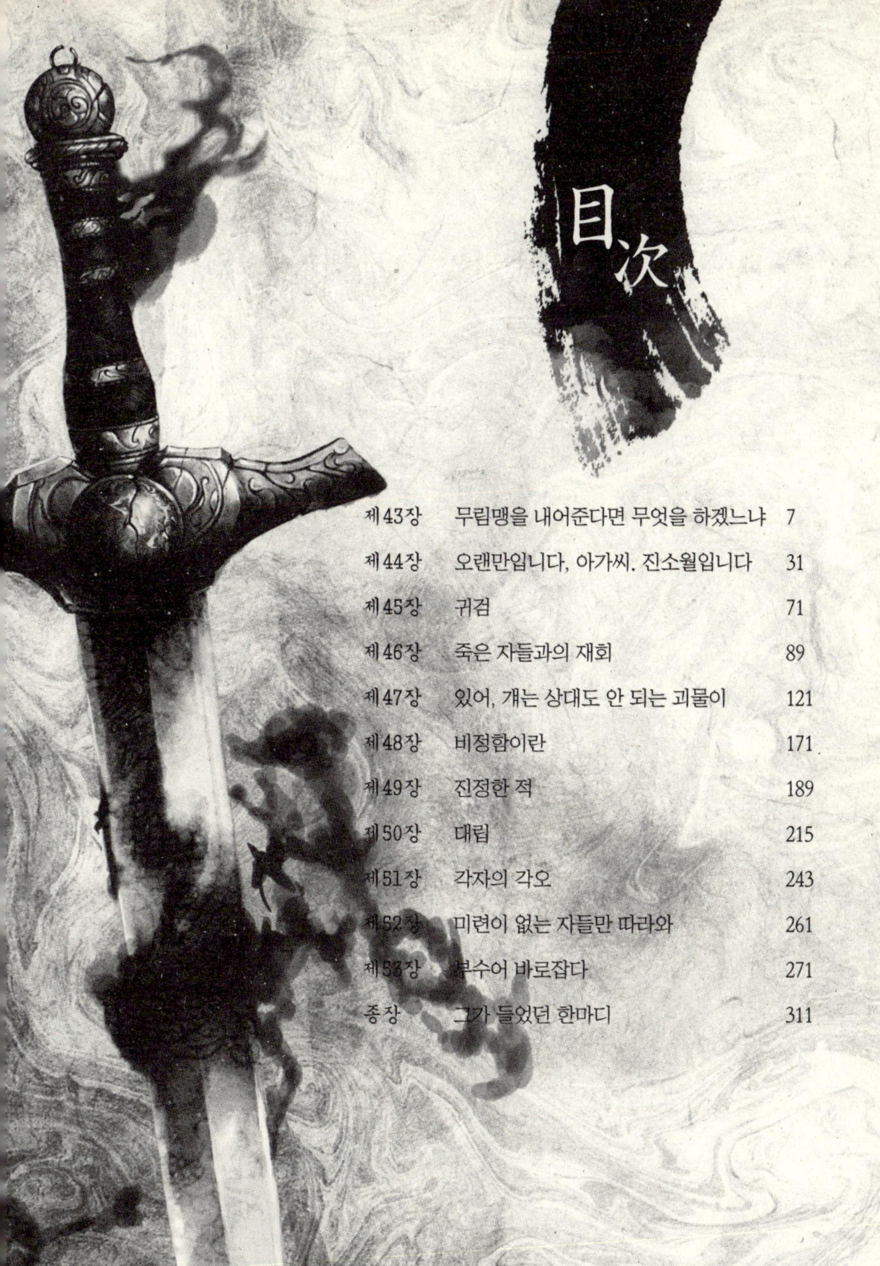

目次

第四十三章
무림맹을 내어준다면
무엇을 하겠느냐

진소월

"네가 주가가 말한 그 녀석이더냐?"

"진소월, 무림맹주를 뵙습니다."

"만나고 싶었다."

주천련과 마주한 소월은 그에게서 무엇인가 모를 따스함을 느꼈다. 반면 소월의 뒤편엔 그를 따라 들어선 문파의 장로들과 세가의 가주들이 심기 불편한 얼굴로 자리를 지키고 있었다.

개중 가장 고약한 표정을 하고 있는 이들은 사대호였는데, 그들은 사사건건 소월 일행을 노려보며 마찰거리를 만들어내려 했다.

"거, 인상은 백호충보다 더한 놈이 내가 그리 반가웠더냐?"

"……."

"작은영감, 그렇게 노려본다 해서 내 품에서 은자가 나올 거라 생각한다면 큰 착각이거든?"

"……."

물론 사대호 모두 한 입담 하는 주문중과 진백 두 사람에게 일방적인 수모 아닌 수모를 당하고 있었지만 말이다.

게다가 이곳에 또 한 명, 소월의 변한 모습에 놀라는 이가 있었으니.

'완전히 그때와 다른 사람이 되었군.'

양관엽이었다.

그의 시선을 느낀 듯 소월이 양관엽을 돌아봤다.

소월의 미소에 양관엽이 작게 뺨을 붉혔다.

'이, 이게 무슨…….'

그때와는 분위기가 완전히 다르다.

소월의 무공은 가히 입을 다물지 못할 경지에 이르러 있는 듯했다. 하나 또 그것과는 다르게 외모는 선이 굵었던 남성다움에서 지금은 천하제일의 미녀를 보는 느낌마저 들게 하는 고운 선을 보이고 있지 않은가.

양관엽은 소월과 만났던 그날을 생각했다.

그때만 하더라도 자신과 비슷한 약관의 나이에 저 정도의 경지를 가진 그를 부러워했으나, 지금은 달랐다. 아예 올라서지 못할 나무를 바라보는 느낌에 수긍이 저절로 되는 것이다.

"그래, 먼 길 오느라고 수고했네. 총관에게 보고는 받았네만, 자네가 이곳에 온 이유를 다시 말해줄 수 있는가?"

주천련은 찻잔을 들어 소월에게 건넸다.

소월은 공손히 두 손으로 찻잔을 받고 입을 열었다.

"무림맹을 받기 위해 왔습니다."

장내의 분위기가 싸늘히 굳었다.

"허허허!!"

넓디넓은 공간에 메아리치는 웃음.

주천련만이 나이를 잊은 호탕한 웃음을 흘렸다.

"허허, 고놈 참, 주가의 말대로 막힘없는 녀석이로구나. 어디, 그런 말을 입에 담아낼 실력은 있는지 확인해 보고 싶구나. 확인시켜 주겠느냐?"

주천련의 물음에 소월은 주변을 둘러보곤 입을 열었다.

"못할 건 없습니다만, 그리되면 이곳이 성치 못할 것 같습니다."

화산의 영충선제를 만난 그곳보단 몇 배는 넓은 공간이었지만 무림맹주인 주천련이나 사대호가 상대라면 이 정도 크기의 회랑은 흔적도 없이 사라질 것이 뻔했다.

게다가 자신의 승리 또한 장담할 수 없었다.

사대호 한 명 한 명도 주문중에 크게 밀리지 않을 실력자들. 게다가 무림맹주 주천련은 사람이 저리 보여도 주문중을 선회하는 실력자라 알고 있다.

"그래, 무림맹을 내어주면 넌 무엇을 하려 하느냐?"

"……."

주천련의 물음에 소월은 잠시 입을 떼다 도로 닫았다.

"생각해 본 적 있느냐?"

'피할 수 없다.'

지체하거나 망설일 시간은 이미 예전에 전부 지나갔다.

지금은 그 담아두었던 일들을 모두 풀어내는 데 집중할 시기다. 소월은 주천련과 그곳에 모인 이들을 똑바로 응시하곤 천천히 말을 이었다.

"무림맹을 손에 쥐는 것은 초석. 그 뒤로 무림을 제 손에 쥐겠습니다."

침묵으로 일관되던 회랑은 이제 싸늘하다 못해 기가 막힘을 넘어서는 분위기로 들어섰다. 그들이 뭐라 말을 꺼낼 틈도 없이 소월은 말을 이었다.

"그리고 그것을 위해 무림맹을 제 손에 쥐는 순간 마교의 본단을 칠 것입니다."

경악.

이곳에 있던 그 누구도 상상치 못했던 충격적인 한마디. 사대호의 속을 긁던 주문중은 물론 진백 또한 놀라 소월을 돌아보게 되었다.

문파의 수장들이 한마디씩 꺼내기 시작했다.

"마교의 본단을 친다고?"

"예."

"지금 자네 제정신인가?"

"지극히 그렇습니다."

"마교의 본단이 어디 있는지 자네는 알고 있는가? 그곳까지 가려면 얼마나 많은 물자와 시간이 드는지도 알고 있겠지?"

"물자 걱정이라면 하실 필요 없습니다."

"그럼 우리가 마교를 치기 위해 이곳을 떠난다면 본단은 누가 지키는가?"

"싹을 자르러 가는 것인데 벌써부터 지킬 것을 생각하고 계시다니요."

"정도를 걷는 자로서 먼저 마교를 치는 것엔 찬동할 수 없네."

"…정도의 길을 걷는다 하셨습니까?"

이쯤 되니 소월이 슬슬 열이 올랐다.

"여러분이 마교의 이름에 이를 갈고 그들이 중원에 발을 담그면 눈까리를 뒤집어 그들을 내치는 것과 지금 제가 하려는 일이 다른 것이 무엇입니까?"

"누, 눈까리를 뒤집어?!"

"말이 심하군!"

그들은 한결같은 변명을 늘어놓으며 이 일에서 발을 빼길 원하고 있었다. 무림맹의 질서는 둘째다. 누누이 생각했지만 그들은 제 밥그릇 챙기는 것이 우선이었다.

"제 눈엔 하등 다를 것 없어 보입니다. 다만 정도를 걷는 자들의 자위라고 생각하고 있습니다."

모두의 얼굴이 벌겋게 달아올랐다.

"……"

"……"

그러나 앞서 소월의 무공을 경험한 그들 중 누구도 불같이 화를 내어 소월에게 실력 행사를 하진 못했다.

"더 이상 못 참겠군!!"

사대호의 노성이 침묵을 지키고 있는 자들의 귓가를 때렸다.

여불계와 사마진이었다.

공석으로 남은 한 명을 뺀 사대호 중 나머지 한 명이자 무림맹주의 최측근인 총관 적왕운마저 그저 주천련의 눈치만

살피고 있었다.

"주가, 저 녀석 분명 저럴 만한 실력은 가지고 있겠지?"

"저 불같은 사대호의 두 명이 그걸 증명해 주겠지."

주천련이 묻자 주문중이 답했다.

주천련은 소월을 보았다.

"겨뤄보겠느냐?"

살짝 열이 오른 소월이 더 이상 거절을 할 리 없었다.

"그럼 한 수 부탁드리겠습니다."

"한 수? 두 수고 세 수고 가르쳐 주마!"

말을 끝나기가 무섭게 앞으로 나선 사마진이 맹렬한 장력을 날렸다.

쉬악—!

하지만 노성을 그대로 옮겨 담은 강력한 그의 장력을 소월은 슬쩍 비껴내 버렸다.

퍽—!!

너무나도 허무하게 비껴나간 그의 장력은 애꿎은 기둥에 맞아 균열을 내었다.

"뭐야?"

소월의 움직임을 본 그가 놀란 것은 말할 것도 없었다.

자신의 불같은 장력을 피한 그의 움직임. 단 한 순간이었지만 그것이 무당파의 태극권이라는 것을 알아챘기 때문이다.

'이게 무슨 개 같은 상황이란 말인가?'

사마진의 공격이 소월이 펼쳐 낸 태극권에 허무하게 무위로 돌아가자 여불계는 성난 얼굴로 무당의 장문인을 돌아봤다. 하나 무당파의 장문인 역시 영문을 모른다는 표정이어서 뭐라 할 수도 없는 노릇이었다.

그때 영충선제의 한마디가 귓가를 때렸다.

"그는 천검성이네."

'천검성?!'

사마진의 눈이 경악으로 크게 떠졌다. 물 흐르듯 움직이는 소월의 신형에 정신을 차릴 수 없을 정도다.

쉬익―! 쉭―!

자신의 공격 그 어느 것 하나 그에게 타격을 주지 못하는 상황이 계속되고 있었다.

'사대호인 내가! 무림의 거목 중 한 명이라 불리는 이 사마진이!!'

사사삭― 스스스스―

분명한 태극권이다.

하지만 그 힘과 움직임의 차이는 너무나도 달랐다.

마치 태극권의 창시자이자 무당의 신으로 여겨지는 장삼풍의 재림이라도 보는 듯한 엄청난 위압감이 소월 전신에 둘러싸여 있었다.

취리릭—! 팟—!

그의 움직임 하나하나에 자신이 끌려가는 착각을 느꼈다.

"쥐새끼 같구나!"

쉬릭—!

다시 한 번 내지른 장력.

퍽!!

하지만 태극권의 오묘함에 그 위력을 고스란히 자신의 가슴에 받아내고 만 사마진은 신음을 흘리곤 두어 발 뒤로 물러섰다.

촤자작! 팍! 후웅—!

소월이 새가 날갯짓하는 양 팔을 털자 따스한 풍압이 주변의 모래를 일으킨다.

"이런 개 같은!"

물러선 사마진의 이가 갈렸다. 그가 강하게 바닥을 찼다.

"파진장!"

콰콰콱—!

땅이 갈라지며 파편이 튀어 오른다.

소월을 향해 날아가는 거대한 기의 흐름이 소월의 몸을 흔든다.

'이것이 바로 사대호의 실력.'

맞서기엔 너무나도 강렬하고 커다란 기운이었다.

"멸의 힘을 보여 드리겠습니다."

촤아악—!

말을 마친 소월의 눈빛이 달라졌다.

'이, 이 음침하고 어두운 기운은?

너무나도 익숙하고 소름 돋는 그 기운을 어찌 잊을까.

여불계가 소리쳤다.

"틀림없는 멸(滅)의 비급!"

소월의 안광에선 무시무시한 기가 뿜어져 나왔고, 그 어두운 기운은 주변 전체를 삽시간에 집어삼켜 버리는 듯했다. 멸절심력을 운용한 것이다.

"후우……"

쿵—!!

이어 소월이 발을 구르자 자신에게 날아오던 사마진의 기운이 흔적도 없이 사그라졌다.

"미, 미친! 파진장이 이리 쉽게……?"

펴엉—!

연달아 소월의 발차기가 옆에 있던 기둥을 때렸다.

그의 발이 닿자마자 어른 두세 명을 둘러놓은 두께의 기둥이 부서져 내렸다.

쉬익—!

그가 찬 기둥의 파편은 일제히 사마진을 향해 날아갔다.

파바박—!

사마진은 날아드는 파편을 쳐내는 것만으로도 주먹이 저림을 느꼈다. 말도 안 되는 내력이었다. 자신이 날아오는 돌덩이에조차 급급해하다니!

하지만 그보다 놀라운 건 그다음이었다.

소월의 입에서 자신의 귀를 의심케 하는 말이 튀어나온 것이다.

"파진장!"

콰콰콰콰콱—!!

자신이 소월에게 날린 파진장의 위력은 보잘것없을 정도로 커다란 석파도가 자신을 집어삼킬 듯 날아든다. 날아드는 풍압만으로도 온몸의 털이 곤두서는 느낌이었다.

사마진은 온몸의 공력을 끌어올렸다. 그리곤 날아오는 기운에 맞서 발을 굴렀다.

"파진장!!"

그의 발끝에서 커다란 파도가 일어났다. 더 이상 부서질 것 없어 보이던 바닥은 다시 한 번 요동치며 소월이 날린 파진장을 집어삼킬 듯 크게 올라섰다.

콰앙—!

두 개의 맹렬한 기운이 충돌하자 거대한 충격이 터졌다.

"으윽!"

“우왁!”

사방으로 튀는 파편들을 막아내며 뒤로 물러선 사람들. 커다란 충격을 받아들이기도 전에 소월은 부서져 내리는 바위 파편을 뚫고 천장 위로 뛰어올랐다.

“멸마각(滅魔脚)!!”

하늘로 솟구친 소월의 다리가 춤추듯 움직이더니 상상하기 어려운 위력으로 눈앞의 사마진의 정수리를 향해 휘둘렸다.

콰앙!!

콰드드득!

올려진 기와가 부서져 흩날리고 단단한 돌기둥이 무너지며 엄청난 먼지와 굉음을 일으켰다.

먼지가 전부 흩날리고 난 뒤, 그곳엔 한눈에 다 들어오지 못할 커다란 구덩이가 만들어져 있었다.

“…말도 안 돼.”

사마진은 소월이 날린 멸마각에 맞서지 못했다. 온몸을 찢어발길 듯한 거대한 위력과 위압감에 간신히 몸을 빼내 뒤로 피하는 것이 고작이었음에도 그의 옷은 반쯤 찢어져 너덜너덜해져 있었고 안색은 창백해져 있었다.

“쿠욱!”

이어 피 한 움큼이 가슴 위로 올라오는 것을 그는 간신히 집어삼켰다. 단지 스친 것만으로도 내상을 입은 것이다.

　꿀꺽─

　예불계는 소월의 믿을 수 없는 무공에 마른침을 목젖 위로
넘겼다.

　방금 전 일어난 일은 예삿일이 아니다.

　사마진이 파진장을 날린 직후라 소월의 공격을 완전히 피
하거나 흘리지 못한 것일 수도 있었다. 하나 반대로 돌아보면
소월은 연이어 저런 무시무시한 위력의 무공을 내보였다는
뜻이다.

　그 어느 곳에 저런 위력의 무공을 아무런 거리낌 없이 연달
아 내보일 수 있는 자가 있단 말인가.

　"파황군이더냐?"

　그야말로 파황군 그 자체를 다시 한 번 보는 듯했다.

　서 있는 두 다리마저 후들거리는 느낌이다. 자신의 젊었던
그날 파황군의 맹렬함은 그야말로 공포가 아니었던가.

　결국 비무를 말없이 지켜보던 주천련은 비무를 중지시켜
야 했다.

　사대호가 이리 허무하게 무너질 리 없다. 하지만 소월의 드
러난 역량으로 본다면 분명 사대호 쪽은 목숨을 잃거나 치명
적인 상처를 입을 것이다.

“자네의 무공, 인정할 수밖에 없겠군. 멸의 무공을 구사하면서도 제정신을 가지고 있다는 것도 놀랍고. 하지만 파황군도 처음 당시엔 그 멸의 무공을 아무런 어려움 없이 썼다.”

왠지 모르게 주천련의 얼굴엔 근심이 드리워져 있었다. 분명 그는 강했다. 호기도 있었고 추진력도 있어 보이며 호걸의 자질이 엿보였다. 하지만 아직 부족한 것이 있었다.

호기와 오만을 구별할 줄 모른다는 것.

곁에 있던 왕적운 또한 그것을 느낀 듯했다. 주천련의 말이 끝나자 왕적운이 딱딱한 투로 말했다.

“하지만 무공 수위만으로 이 무림맹을 받아갈 수는 없다. 게다가 갑작스레 나타나 무림맹을 주시오 하면 어떤 미친놈이 그것을 들어주겠는가. 아무리 그대가 뛰어나다 한들 이곳을 무력으로 집어삼킬 순 없을 것이다.”

“그것이 무림맹의 대답입니까?”

듣고 있던 주문중이 나섰다.

“그리 안 된다면 지금이라도 되게 할 수밖에.”

“사부님, 그러실 필요 없습니다.”

소월은 별다른 반응을 보이지 않았다.

주천련은 찌푸린 미간 그대로 주문중을 돌아봤다. 저건 어딜 봐도 주문중의 젊은 시절을 빼다 박은 듯한 모양새가 아닌가.

“주가, 적어도 네놈의 성격은 안 따르길 바랐는데 말이다.”

“흥! 그게 어찌 내 탓이더냐.”

소월이 물었다.

“어찌하면 내가 무림맹을 받을 수 있겠습니까?”

주천련이 답했다.

“그것은 네 자신이 더욱 잘 알고 있을 것이다.”

이번엔 왕적운이 문파의 장문인들에게 물었다.

“문파들의 장문인들께선 어찌 생각하십니까?”

“동감이오.”

“무공으로만 이곳의 가장 위로 올라간다는 건 패도를 칭하는 마교나 사파에서나 가능한 일이네. 정도를 걷는 우리는…….”

영충선제가 말했다.

“내 자네를 잘못 본 건 아니라 믿네. 분명 무슨 뜻이 있겠지.”

영충선제의 말에 소월은 답하지 않았다. 그리고 한참을 생각하는 듯하다 천천히 입을 뗐다.

“나를 따라주시는 이들 외엔 마교와의 다툼이 일어나도 도움을 드리지 않겠습니다.”

“우리가 마교보다 약해 보인단 소리인가?!”

“그러합니다.”

"정말 안하무인이로구만!!"

소월의 말에 문파의 장문인들은 그를 잡아먹을 듯 으르렁
거렸다.

"흥! 지금의 구대문파는 소림 외에 전부 껍데기에 불과하
다는 것은 네놈들도 잘 알고 있지 않느냐. 오대세가는 물론
말할 것도 없겠지."

갑작스레 끼어든 주문중의 이야기에 모두가 입을 닫았다.
덕분에 간신히 체면을 세운 꼴이 된 소림이 조용히 입을 열었
다.

"우리 소림은 지금 진소월 그대를 무림맹주를 이을 자로
인정할 수가 없구려."

"알겠습니다. 어차피 떠나간 문파에 대해선 무력 흡수를
생각하고 있으니까요."

소월의 이어진 말은 어이가 없다 못해 충격으로 모두의 입
을 닫도록 만들었다. 게다가 그 침묵은 소월이 무력행사를 나
섰을 경우 그를 막을 수 있는 문파는 그 어디에도 없다는 것
을 반증하는 것이기도 했다.

결국 무림맹에서 소월과 뜻을 함께하기로 한 문파는 몇 군
데 되지 않았다. 우선적으로 화산과 아미파, 곤륜파와 제갈세
가와 모용비 덕분에 위치가 위태해진 모용세가 정도. 어중간

한 자세를 내보이는 것은 소림뿐이었다.

나머지 문파는 소월의 고약함이 맘에 들지 않았는지 그대로 자리를 떠버렸다.

게다가 주천련 또한 무림맹주의 맹령으로 그들을 묶어둘 수 있었음에도 그러하지 않았다. 소월에게 반하는 문파들이 떠나고 나서야 주천련이 조용히 입을 열었다.

"주가, 이렇게 하면 되겠지?"

"생각보다 너무 잘해줘서 진심이 아닐까 했다."

주천련은 왕적운에게도 인사를 잊지 않았다.

"자네 또한 수고했네."

"맹주의 명에 따랐을 뿐입니다."

왕적운의 이야기에 사람들은 대체 어떤 영문인지 모를 표정을 하고 있었다. 주천련은 들고 있던 차를 내려놓고 소월에게 물었다.

"정말 이리해도 되겠느냐, 아가야."

그 목소리가 너무 부드러워 좀 전까지 딱딱함으로 일관했던 맹주가 맞는지 의심스러울 정도였다.

소월 또한 부드러운 미소로 그 말에 화답했다.

"예, 맹주님의 도움이 있어 일이 생각보다 잘 풀릴 듯합니다. 그리고 저와 뜻을 함께해 주시기로 한 문파의 장문인 분들과 수장 분들, 그리고 세가의 가주 분들 또한 감사드립니다. 그럼 저는 예정대로 조력자를 데려올 생각입니다. 생각보다 시간이 지체되어 설명할 겨를 없이 떠남을 용서해 주시기 바랍니다."

"괘념치 말게, 설명은 우리 쪽에서 해줄 터이니."

"감사드립니다. 그럼 후에 뵙겠습니다."

소월은 이어 자신과 대련한 사마진에게 두 손 모아 예를 표했다.

"강호의 선배이자 무림맹의 사대호 중 한 분에게 예를 벗어난 태도를 보이고 누를 끼쳤습니다. 용서를 바랍니다. 물론 제 언행에 노하셨을 장문인들께서도, 그리고 가주님들께서도 노여움을 푸시기 바랍니다."

사과를 마친 소월은 그대로 회랑을 벗어나 자취를 감췄다.

갑작스러움에 어찌할지 몰라 멀뚱거리는 사마진과 여불계, 그리고 문파의 장문인들과 가주들을 보며 보며 왕적운은 웃었다.

"이 사람들, 아직 모르겠는가? 이게 전부 진소월 대협의 의중이 깔린 일이었네."

왕적운은 분명 그를 대협이라 칭했다. 자신보다 한참 어린 저 인물에게 대협이라 하다니, 게다가 깔린 의중이라니?

주천련이 그들의 아리송함에 답을 내었다.

"나와 소월은 이미 말을 맞춰놓은 상태였네. 주가가 그것

을 나에게 전해주었고 난 왕적운에게 말해 이런 상황을 만들
어낸 것이지."

주천련은 의자에 깊이 몸을 뉘인 뒤 말을 이었다.

"소월이는 지금 무림맹주 자리나 무림맹 자체에 관해선 관
심이 없네. 언젠가 그에게 내가 무림맹주의 자리에 앉아주길
지지하겠지만, 그 또한 지금이 시기가 아니란 건 알고 있어.
그렇다고 이런 얼빠진 상태의 이들에게 소월이 저자세로 나
갈 수도 없는 노릇이지."

사마진은 그들의 뜻을 알게 되어 감탄을 내뱉었지만 미심
쩍음과 아쉬움을 다 털어내진 못했다.

"어찌하여 이런 안 좋은 상황을 만들어내셨단 말입니까."

아무리 생각해도 일을 어렵게 만든 것 같아서였다.

주천련은 이번엔 쓰게 웃었다.

"그러하지 않으면 무림맹을 내가 순순히 내어주는 데에 다
른 이들이 더 반발할 것이 아닌가. 내가 무림맹주이긴 하지만
실세는 사대호인 자네들과 문주들, 그리고 가주들에게 있는
것 또한 사실이고."

그러자 왕적운이 화들짝 놀라 뛰었다.

"맹주님, 그럴 리가 없지 않습니까."

"아니, 자네들은 아닐지 몰라도 세간엔 그리 알려져 있네.
내 자신이 이 일에 처음부터 뜻을 두지 않은 탓도 있겠지만.

여하튼 그리됐다면 지금과 다르게 되레 나를 이 자리에서 내
리려고 했겠지."

그 말에 그곳에 있는 문파의 장문인들과 가주들이 입을 닫
았다. 그리하지 않는다고 말하는 건 나서지 아니한 것보다 못
하다는 걸 자기 자신들이 더 잘 알기 때문이었다.

"하지만 소월이가 그 역을 자처함으로써 나는 적어도 이
자리에 있는 사람들 외의 인물들에겐 지지를 받게 되겠지. 그
리고 나서 소월이가 자신의 가치를 입증하고 나면 내가 그에
게 무림맹을 넘겨줘도 다들 할 말이 없을 걸세."

"그러면 애초부터 소월을 이런 모습이 아닌 정통 후계자로
서 보여줘도 되지 않았겠습니까."

볼멘 곤륜파 장문인의 얘기에 주천련은 실소를 냈다.

"정통이라고 했나? 정통이 어디 있단 말인가. 오히려 그것
때문에 무림맹이 이리 더디게 암투를 벌이고 있는 것 아니던
가. 그런 상황에서 그를 소개한다면 오히려 더욱 자네들은 뿔
뿔이 흩어져 제 정권 잡기에 급급했을 것이네."

이번에도 그들은 전부 입을 닫았다.

"문파들은 변해야 하네. 깨달아야 하고. 그래서 난 주가와
약속을 했네. 주가가 그에 걸맞은 아이를 찾아 데려온다면 나
는 아무 거리낌 없이 그 아이에게 무림맹을 내어주겠다고 말
이야."

무림맹주 주천련은 절대 모든 것을 사대호나 다른 이들에게 맡긴 것이 아니다. 그저 가만히 때를 보며 자신들을 전부 파악해놓고 있었던 것이다.

*   *   *

똑똑―

야심한 시각.

주천련의 방문을 두드리는 자가 있었다.

"들어오라."

주천련 또한 문을 두드린 상대가 누군지 아는 듯했다.

조심스럽게 문을 열고 들어온 자는 사대호 중 한 명인 사마진이었다.

"맹주님을 뵙습니다."

"그래, 무슨 일인가?"

"오늘 있었던 일에 대해 여쭙고자 하는 것이 있어 왔습니다."

"그래, 물어보시게."

주천련의 말에 사마진은 조심스레 입을 뗐다.

"…어찌 그리하셨습니까?"

"어찌 그리하다니?"

“소월이란 자를 도와주시는 것 말입니다.”
의미심장한 물음이었다.
“왜 도와주느냐 이건가? 크크.”
주천련은 웃었다.
다만 늘 보이던 온화한 웃음이 아닌, 차갑디차가운 웃음이
었다.

第四十四章
오랜만입니다, 아가씨
진소월입니다

劍奏 진소월

바람은 잦았지만 기분 좋고, 구름은 없었으나 해는 내리쬐지 않았다. 산에 올라서는 이가 있다면 엄지를 치켜들며 권할 정도의 청정하고도 맑은, 그런 좋은 날씨.

"어찌하다 보니 이리 늦게 오게 됐네요."

"계속 상단의 일로 바쁘셨다가 좀 쉴 만하니 비가 와서 이곳에 오기 쉽지 않았으니 말입니다."

소예령과 백 총수는 작게 솟아오른 묘를 지그시 내려다보고 있었다. 묘비에는 진소랑이라는 이름 석 자만이 적혀 있을 뿐이다.

"풀이 이리 무성하게 자랐어요."

소예령이 이곳을 찾은 지도 반년의 세월이 다 되었다.

그녀는 들쭉날쭉 무성히 자란 풀을 손으로 흩었다.

"벌초를 해야겠네요."

살짝 잠긴 목소리로 말을 이은 그녀는 조심스레 자라난 풀을 뜯어냈다.

"아가씨, 사람을 시키시면 될 것을."

"그냥 내가 해주고 싶어요."

그녀의 말에 백 총수 또한 조용히 그녀의 곁에 섰다.

"흠, 저도 돕겠습니다."

한동안 두 사람은 말없이 풀을 뜯었다. 벌초를 마치고 나서야 이마의 땀을 닦아낸 백 총수가 입을 열었다.

"고마운 사람이지요. 어찌 되었든 소월 공자 덕분에 무림맹의 상권을 우리가 어느 정도는 가져올 수 있었으니까요. 덕분에 금천관에서도 아가씨의 위치가 막강해졌고 말입니다."

소예령이 무림맹의 상권을 거의 대부분 가져오게 된 것은 금천관으로서 매우 많은 의미를 가지게 되었다.

혈쟁에서 등을 돌린 개방.

즉, 예전의 개방인 금천관과 으르렁거리던 무림맹과 소원했던 관계가 조금씩 회복될 물꼬를 튼 격이었고, 상권의 위임은 곧 금천관의 몸집을 배 이상으로 불릴 수 있는 역할을 하기 때문이었다.

동시에 소예령의 영향력 또한 금천관에서도 막강하게 떠올랐다.

"그리고 말입니다, 이건 소월 공자에 관한 이야기인데."

"그가 다시 나타났나요? 어디에 있죠?"

"아직은 소문이지만."

"소문이라도 좋아요. 그가 어찌 지내는지 알 수 없나요."

그리고 소예령은 내내 입에 맴돌았던 물음을 백 총수에게 건넸다. 말을 내뱉은 소예령은 입을 닫고 얼굴을 붉혔다. 생각해 보니 너무 자신이 없어 보인 것이리라.

"안 그래도 오늘 그 얘기를 드리려고 했습니다."

그러나 그녀의 모습에도 백 총수는 미소 지을 수 없었다.

그가 들은 소월 공자에 대한 소식 때문이었다.

"혹시나 하여 이 중년이 묻는 거지만 혹 아가씨는 아직 소월 공자에 대한 감정을 남겨두셨습니까."

"아직 모르겠어요. 지금 돌이켜 보면 그에 대한 것들이 백 총수 말처럼 연민에서 나온 감정일지도 모른다는 생각을 하게 돼요. 그리고 담아두고 자시고 할 그런 게 있기나 했나요."

"뭐, 그거야 이제 소월 공자가 모습을 드러냈으니 곧 그를 만나서 다시 확인해 보실 수 있을 것입니다. 소식에 의하면

소월 공자가 며칠 전 무림맹에서 난리를 피웠다 하니 말입니
다.”
　“난리를 피워요?”
　소예령의 눈이 놀라 동그래졌다.
　그러나 이것 또한 이어진 백총수의 말에 비하면 놀라운 것
도 아니었다.
　“무림맹을 제 손에 쥐겠다고 무력으로 쳐들어갔다 하더군
요.”
　“말도 안 돼.”
　그녀는 작게 중얼거렸다.
　말도 안 되는 소리다. 그 진소월이 무력으로 그곳을 손에
쥐겠다고 쳐들어갔다고?
　무력으로 무림맹을 제압한다는 것이 아주 헛소리만은 아
닐 것이다. 주문중이 뒤에 버티고 있고 그의 아이들과 그가
잠재해 놓은 멸의 무공을 완전히 제 것으로 만들었다면 말이
다.
　소예령이 놀란 것은 무력 제압 때문이 아니었다. 그런 생각
을 한 소월의 성격 변화에 관한 것이었다. 자신이 알고 있는
수줍은 미소와 조심스러운 순수함을 가진 진소월이 그런 일
을 벌였다고?
　쉽사리 믿어서도, 믿을 수도 없는 일이었다.

“소문일 뿐이겠죠.”

“소문이라고 불리는 건 무림맹 쪽에서 쉬쉬하려 하기 때문일 겁니다. 이미 문파들 사이에선 반 감정이 일어나 뿔뿔이 흩어지고 있는 추세라 합니다. 마교가 발을 들여놓은 이 시점에서 어쩌자고 이런 분란을 만들어놓았는지…….”

작게 혀를 차는 백 총수 또한 안타까움을 담고 있었다.

“뭔가 심경의 변화가 온 것일까요?”

“아니요. 심경의 변화라기보단 여린 만큼 많은 변화가 있었기에 소월 공자의 내면 깊숙이 자리하던 갈망이 지금 뛰쳐나왔다고 봐야겠지요. 그것이 그를 변화시켰다는 게 제 생각입니다. 분명 진가에서 혈수마제가 그를 데려가고 나서 변화가 있었을 것입니다. 두 사람의 대화를 들으시지 않았습니까. 진 공자는 변했습니다. 나쁜 쪽으로 변한 것인지 아닌지는 직접 보고 판단해야 하지만 말입니다.”

“그렇죠. 아직 그의 의중도 모른 채 나와 백 총수가 이리 말하고 있는 것도 우습네요.”

그가 어찌 되었는진 후에 만나보면 알게 될 것이었다.

“그리고 무림맹에서 맹주의 접견 회신이 왔습니다.”

“무림맹주 주천련 말인가요?”

“어찌 되었든 무림맹 또한 마교와의 싸움을 이제 피할 수 없을 것 같음을 느꼈으니 우리 쪽의 자금력을 필요로 하게 된 것이지요.”

“우리도 참 기구한 운명이네요. 이런 시기에 무림맹의 상권을 잡게 되다니.”

소예령은 쓰게 웃었다. 그것은 백 총수 또한 마찬가지였다.

“하나 이번 일만 잘 끝난다면 무림맹의 입지는 절대 흔들릴 이유가 없어지겠지요.”

“잘 끝난다면 말이죠.”

“…….”

“…….”

돌연 대화를 나누던 두 사람의 말문이 닫혔다.

소예령이 낮은 목소리로 그를 불렀다.

“…백 총수.”

“아가씨도 느끼셨습니까?”

“이렇게 살기를 뿜어내는데 도저히 모를 수가 없네요.”

“큼, 그것도 그렇군요.”

“무림맹으로 가져가는 자금을 노리는 걸까요?”

“짐마차는 밑에 있을 것이니 돈이 목적이라면 굳이 이곳으로 올 이유가 없는데…….”

“그렇다는 건…….”

“역시 이쪽에 볼일이 있다는 것이지요.”

백 총수는 맨손에 코를 풀고 나무가 우거진 쪽을 향해 소리
쳤다.

"쿵! 그렇게 살기를 뿜어댄다고 어찌 될 사람들이 아니라
는 걸 알려줄 테니 이제 그만 얼굴들 좀 디밀어 보려무나!!"

그의 쩌렁쩌렁한 외침에 나뭇가지가 흔들리는 듯싶다.

잠시의 침묵 뒤에 기분 나쁠 정도로 스산한 웃음이 두 사람
의 귓가를 때렸다.

"크흐흐흐, 역시나 주둥이는 죽지 않았구나, 개방의 백호
충선."

그 목소리를 듣자마자 백 총수의 두 눈이 부릅떠졌다.

그리고 그는 살인귀의 그것마냥 입가를 씰룩였다.

"살아 만나서 반가운 얼굴이 있고 기분 더러운 얼굴이 있
는데… 네놈은 그 둘 다 아닌 죽이고 싶은 면상이로군."

백 총수의 반응에 스산한 목소리의 적은 참을 수 없다는 듯
한껏 웃어젖혔다.

"크하하하! 개방의 왕초 모가진 아직 붙어 있더냐?"

백 총수가 이를 갈았다. 개방의 왕초, 즉 개방 방주를 저리
말하는 것이었다. 게다가 저 목소리의 주인은 분명 혈쟁 때
개방의 방주에게 지울 수 없는 치욕과 상처를 입힌 자가 분명
했다.

"네놈 덕분에 자리에 앉아 늘 지루한 셈만 하고 계신다! 오

늘 내가 네놈을 만날 줄 아셨다면 네놈을 찢어 죽이려는 기쁨에 거동조차 힘드신 두 다리로 벌떡 일어나셨을 텐데!!"

"크크크, 나이를 처먹어도 입담이 구수한 것이 거지새끼 중에 거지새끼 백호충선이 분명하구나!!"

"혈악귀도(血惡鬼刀)!! 줄 거라곤 네 아가리에 처넣을 주먹밖에 없다! 그러니 처먹고 입 다물어!"

백 총수는 곧바로 일갈을 내뱉곤 목소리가 난 곳을 향해 주먹을 뻗었다.

피유와아아—!

콰앙—!!

바람을 가르고 날아간 백 총수의 공격은 커다란 나무를 뿌리째 뽑아버렸다.

드드드드—!

나뭇잎을 날리며 뽑힌 나무 뒤에서 날아오른 인영 하나가 소예령과 백 총수 앞에 섰다.

"크크, 역시 그때 네놈도 앉은뱅이로 만들었어야 했다."

날 선 머리, 다듬지 않아 들쭉날쭉한 수염. 하지만 초라한 그의 행색은 안광에서 뿜어져 나오는 흉포한 살기 하나만으로 보는 이들로 하여금 오금을 저리게 하기에 충분한 공포감을 주었다.

물론 그 흉포한 안광이 누구에게나 통용되는 것은 아니었다.

"그때도 지금도 네놈한텐 안 될 일이지."

백 총수의 비아냥거림에 웃음을 멈춘 혈악귀도는 검게 변한 손바닥을 들어 보였다.

"크크, 과연 어떨지는 함 보자꾸나!!"

혈악귀도의 말이 끝나기가 무섭게 그 뒤로 한 무리의 검은 도포인들이 나타났다.

예전 진혈대마가 데리고 다니던 마교의 살수단 혈사대였다.

"혈사대! 너희는 저년을 맡아라!"

"존명!"

그들의 머리가 땅에 닿았다.

스스슥—!

명을 받은 혈사대는 곧바로 소예령의 주변을 둘러쌌다.

"음침한 것들!!"

소예령 또한 허리춤의 검을 빼내 들곤 자신을 둘러싼 혈사대와 마주했다.

파앗!

혈사대의 오 인은 마치 한 몸이라도 된 양 소예령의 사혈들을 노리고 일제히 달려들었다. 무표정한 표정과 귀신같은 칼놀림!

"핫!!"

카가강!

소예령은 그것들을 일제히 튕겨내었다.

그녀 또한 보통내기가 아니었다. 백 총수나 여러 괴물 같은 인물들과 견주었을 때나 그 실력이 모자란 것이지 그녀가 약한 것이 아니었다.

하나 혈사대 또한 허울뿐인 집단이 아니다.

스슥—

동시에 공격이 튕겨져 나갔지만 그들은 전혀 동요하지 않고 곧바로 몸을 뒤로 빼곤 자세를 가다듬었다. 소예령과 그들 간의 묘한 신경전이 시작되었다.

그녀가 혈사대의 공격에 쓰러질 것은 자명한 일이다.

그렇다면 중요한 것은 소예령이 얼마만큼의 시간 동안 그들의 늑대 이빨 같은 공격에서 버틸 수 있는지이다.

캉—! 카가강—!

공격을 버티면 분명 화양루의 무사들이 도착할 것이고, 백 총수 또한 그녀의 안전을 최우선으로 달려올 테니 말이다.

"칫!"

"아가씨!"

"교주 중 한 명을 앞에 두고 꽤 여유롭군, 백호충선?"

하나, 백 총수가 소예령에게 달려오기란 말처럼 쉽진 않았다.

"지천역세!!"

파곽—!

내지른 백 총수의 공격을 쉽사리 흘려낸 혈악귀도는 음흉한 웃음을 흘렸다.

"거지새끼 발바닥 땀내가 여기까지 진동하는군!"

"비켜!"

"흐흐, 그럴 수야 없지. 저 예쁘장한 아가씨는 꽤 많은 쓸모가 있어 보이니까 말이야. 인질로든 다른 용도로든 말이야."

"미친 자식이!!"

백 총수의 날렵한 발차기가 날아들었지만 혈악귀도의 얼굴에서 미소를 빼앗을 수는 없었다.

"갈!"

혈악귀도가 날린 음침한 기운이 빛살 같은 속도로 백 총수에게 날아들었다.

"커헝!!"

빠직—!!

괴성 같은 쩌렁쩌렁한 기합 소리. 백 총수는 주먹을 휘둘러 혈악귀도의 기운을 후려쳤다.

콰쾅!!

폭음이 터지며 주변의 돌덩이가 사방으로 터져 나갔다.

그 돌덩이들을 가루로 만들며 혈악귀도에게 달려드는 백 총수의 눈은 분노로 이글거렸다.

"네놈을 찢어 죽여 제주, 아니, 사부님의 한을 풀겠다!!"

"크크크!! 개방에서 기르는 미친개의 이빨은 스쳐도 파상풍이라더니 과연 그렇구나!!"

콰앙—!!

백 총수의 맹렬한 공격은 주변 지형을 바꿔놓을 지경이었다.

이번엔 혈악귀도가 바닥에 내려서자 백 총수가 수십 개의 장영을 그를 향해 내려쳤다.

"하나! 나를 물어뜯기엔 네놈 이빨은 무뎌!!"

펑! 펑! 펑!

혈악귀도 또한 날아드는 장력을 전부 맞받아쳐 냈다.

빗겨 쳐진 장력은 바닥을 움푹 파버렸다.

"어디 미친개의 공격을 받아봐!!"

백 총수는 기세 좋게 혈악귀도의 머리 위로 뛰어올랐다. 이렇게 되면 백 총수는 그의 공격을 피할 수 없는 꼴이 된다.

"죽고 싶어 안달이 났구나!!"

부웅—!

모아 쥔 혈악귀도의 손에서 진한 자줏빛이 맴돈다.

"자색파풍쇄!!"

분명 자색파풍쇄였다. 하나 그것은 일전 진환륜이 보였던
자색파풍쇄와는 위력 자체가 달랐다.

뜨드드득—!!

주변의 공기를 찢으며 자색파풍쇄의 기운이 머리 위에 있
는 백 총수를 향해 날아들었다.

"죽어라, 백호충선!!"

그리고 자색의 기운이 백 총수에게 맞닥뜨리기 직전,

쩌렁쩌렁한 백 총수의 외침이 터졌다.

"항룡유회!!"

푸화아악—!!

백 총수의 양손에서 거대한 기운이 뻗어 나왔다. 묵직하고
도 강력한 그 기운은 혈악귀도가 날린 자색파풍쇄와 정면으
로 부딪쳤다.

퍼엉—!!

"교주님!!"

"백 총수!!"

장력이 부딪치고 음향이 터지는 순간,

혈악귀도는 답답한 신음과 함께 허공으로 퉁겨지고 백 총
수는 가슴을 움켜잡곤 살짝 무릎을 굽혔다.

엄청난 충격에 소예령과 혈사대 역시 잠시 싸움을 멈추고
그곳을 돌아볼 정도의 위력이었다.

스으으으!

피어오른 먼지가 가라앉고 나타난 혈악귀도는 쓰러진 몸을 추슬러 일으키며 표정을 심하게 일그러뜨렸다. 그리곤 장력을 받아친, 아직도 얼얼한 자신의 손바닥을 어루만졌다.

"크읍……."

목구멍 위로 살짝 올라오는 각혈을 억지로 집어삼킨 그는 쓰게 웃으며 물었다.

"개방의 미친개가 결국 일을 냈군. 그것은 분명……."

"그래, 강룡십팔장이다."

"강룡십팔장. 크, 크크크, 크하하하!!"

백 총수의 말에 미친 듯 웃어젖히던 혈악귀도가 돌연 웃음을 멈췄다.

'본 문의 예상이 보기 좋게 빗나갔군.'

백 총수의 실력은 지금 자신과 견주어도 손색이 없을 정도로 강하고 맹렬했다. 그것은 자신들이 예상했던 능력을 훨씬 상회하고 있는 것이어서 혈악귀도는 적지 않게 당황하고 있었다.

"그래 봐야 본 교가 무림맹을 무너뜨리는 데 이변은 없을 것이다!"

부우웅—!

혈악귀도는 또 한 번 강한 장력을 백총수를 향해 날렸다.

그 매서움은 마치 독사가 이빨을 들이미는 듯한 착각을 줬다.

 "갈!!"

 부우웅—!

 그러나 백 총수 또한 혈악귀도가 날린 모든 장력과 독기를 막아내었다. 이번에도 그는 쭉 뻗어오는 기운에 맞서 장력을 내질렀다.

 퍼퍼펑—!!

 두 기운이 동시에 허공에서 맞부딪치자 커다란 폭음이 터졌다.

 "혈악귀도! 모가질 내놓아라!!"

 "이 미친개가!"

 쉬익—!! 파바밧—!

 희뿌연 모래연기를 뚫고 나온 백 총수는 쩌렁한 기세로 혈악귀도를 쫓아들었다. 혈악귀도는 순간 그의 집념에 적잖게 놀랐다.

 '미친놈! 동귀어진이라도 할 생각인가?'

 이대로 계속 시간을 끌면 아무래도 자신이 불리할 수밖에 없었다.

 예상외의 실력에다가 죽음도 두려워하지 않는 저돌성에 후에 계속된 임무를 마쳐야 하는 혈악귀도로서는 지금의 상황이 썩 달갑지 않았다.

게다가 사라진 것으로 알려졌던 강룡십팔장의 한 초식을 꺼내 들다니. 자칫 잘못하단 자신 또한 큰 화를 입을 것이다.

'싸움을 길게 끌 수는 없다. 그렇다면……'

잠시 백 총수를 떼어내고 생각하던 혈악귀도는 혈사대와 검을 주고받는 소예령을 바라보았다.

'저 계집년을 써야겠군.'

그의 입꼬리가 비열하게 올라섰다.

쉬쉬쉭!

카앙―!!

그동안 소예령을 옥죄는 혈사대의 포위망이 더 견고하고 잔악하게 변했다.

"흐흐, 금천관의 여호걸이라더니 별 볼일 없지 않은가."

"닥쳐라!"

그녀는 나직한 호통과 함께 벼락같이 몸을 돌리며 순식간에 다섯 번의 칼질을 해댔다.

쉬리릭―!

그녀의 연검은 춤추듯 혈사대의 시커먼 그림자를 쫓았다. 하나 소예령은 자신의 검이 허공을 가름을 느끼고 내심 간담이 서늘해졌다.

개중 혈사대의 조장쯤으로 보이는 사내가 음침한 웃음을

흘렸다.

"좋은 솜씨지만 그것만으론 안 돼."

혈사대는 말 그대로 여러 명이 한 몸처럼 움직이는 이들.

개개인의 실력이라면 소예령에 비해 한참 떨어질 수준일 것이나, 여럿이 모였음에도 다른 이들의 손발을 마치 제 수족인 양 움직였고, 그로 인해 몇 배는 더 견고하고 날카로운 검을 내지를 수 있었다.

"저쪽은 이미 끝나가는 것 같군."

혈악귀도의 중얼거림에 백 총수의 고개가 홱 돌아섰다.

그리 긴 시간을 지체한 것 같지 않은데 혈사대가 이미 소예령의 목젖을 잡아채려 하고 있지 않은가!!

"손을 놓아라!!"

노호를 터뜨린 백 총수는 양손을 합치곤 발을 굴려 혈사대를 향해 달려들었다. 그것을 본 혈악귀도 또한 비열한 미소를 머금었다.

"크크!! 못 간다 그랬을 텐데?"

부우웅—!!

"아가씨! 물러나십시오!!"

"끝내자! 개방의 미친개!"

혈악귀도가 온몸이 떨릴 거대한 기운을 백 총수를 향해 날렸다. 하나 백 총수는 그에 아랑곳하지 않고 소예령을 포위한 혈사대를 향해 장력을 내질렀다.

"위험하다! 피해라!!"

"……!!"

콰과광—!!

놀란 혈사대가 몸을 피하기도 전, 백 총수가 날린 장력은 거대한 파도가 일 듯 크게 올라 그들을 한 줌의 핏물로 만들어 버렸다.

툭—

소예령 앞엔 간신히 형체만 남은 혈사대의 뻗었던 팔뚝 하나가 떨어졌다.

평—!!

동시에 혈악귀도가 날린 장력이 백 총수의 등을 때렸다.

"크헉!"

"백 총수!"

너무도 찰나지간이었다. 평 하는 소리와 함께 백 총수는 고통 가득한 외침을 토해내며 일 장이나 날아가 버렸다.

촤악—!!

피를 토한 백 총수의 몸뚱이가 흙바닥을 구른다.

그 뒤를 의기양양한 표정의 혈악귀도가 따라들었다.

"크크크, 애초에 저딴 계집은 안중에도 없었다. 단지 네놈을 끝장내기 위해 필요한 미끼였을 뿐이지."

게다가 어느새 혈악귀도의 뒤론 방금 전 피떡이 되어 날아
간 혈사대가 또다시 자리하고 있었다.

"혈사대 제이군 도착했습니다."

"크크, 때마침 잘 왔군. 이리 된 거, 꽃뱀 년을 제압해라. 눈
깔이나 팔다리 한두 개 정도는 없어도 된다."

"존명!"

그들은 즉시 소예령을 향해 몸을 날렸다.

"아가씨!!"

백 총수는 떨리는 목소리로 그 자리에서 부르짖었다. 그가
상처에도 아랑곳없이 자리에서 일어나려 했으나 혈악귀도가
백 총수의 목을 찍어 내렸다.

"크크! 안 되지, 안 돼. 개는 얌전히 줄에 묶여 제 주인이 당
하는 꼴을 봐야 하지 않겠는가."

"아가씨 손끝 하나라도 건드리는 날에는 내 너를 씹어 죽
일 테다!"

"크크, 맘껏 짖으려무나. 어차피 네놈은 네 사부처럼 다리
가 아닌 목을 부러뜨려 버릴 테니까."

뜨득―!

백 총수의 목을 밟고 있는 혈악귀도의 다리에 힘이 들어섰
다.

"참으로 장렬한 개죽음 아닌가, 백호충선."

"크으으!! 이 개 같은 새끼… 가……!"

"크크크!"

나지막한 혈악귀도의 웃음소리는 마치 비수를 담은 양 백 총수의 가슴을 찔렀다.

"아가씨, 도망치십시오!!"

혈을 눌린 것인지 손가락 하나도 맘껏 움직이지 못한 채 백 총수는 소예령에게 달려드는 혈사대의 피 냄새 나는 등을 부릅뜬 두 눈으로 바라봐야만 했다.

파바밧―!

소예령은 자신에게 달려드는 혈사대의 표정을 보곤 아랫입술을 강하게 깨물었다.

"네 녀석들! 이 소예령이 졸로 보였단 말이지!!"

검을 잡은 그녀의 손이 바르르 떨린다.

백 총수의 말대로 도망친다면 그들에게서 벗어날 수도 있었다. 하지만 그리한다면 분명 백 총수는 목숨을 잃을 것이다. 반대로 동귀어진의 각오로 혈사대를 어찌어찌 처리한다 해도 저 마교 교주인 혈악귀도를 이길 리 만무하다.

여러 가지 복잡한 심정은 그녀의 검을 느리게 만들었다.

그녀의 검이 달려드는 혈사대의 몸을 베지 못하고 허공을 가르는 순간, 그녀는 아차 하는 심정에 재빨리 몸을 돌렸다.

하나 이미 늦었다. 혈사대의 재빠른 검이 그녀의 사혈을 향해 날아들고 있었다.

캉—! 캉—! 캉—! 캉—!

하나 혈사대의 검은 소예령의 몸을 뚫지 못했다.

맹렬한 기세로 날아든 무언가가 이리저리 각도를 틀며 혈사대의 검을 모조리 튕겨냈기 때문이다.

"크으……."

"도, 돌멩이?"

단지 돌덩이가 박혔을 뿐인데 그 위력이 얼마나 강했던지 내력을 실어 날리던 혈사대의 검들이 반으로 두 동강 나버렸다.

그들은 저릿한 손을 주무르며 두어 발자국 뒤로 물러섰다. 심상치 않은 기운이 자신들을 향해 있는 걸 감지했기 때문이다.

"웬 놈이냐! 쥐새끼처럼 숨어 있지 말고 모습을 보여라!"

"……."

혈악귀도 또한 돌멩이가 날아온 숲을 향해 시선을 옮겼다.

'내력을 실을 돌멩이를 날림에도 나는 그것을 전혀 느끼지 못했다. 이 어찌 된 영문이란 말인가.'

모두가 숨죽여 숲속을 주시했지만 더 이상 별다른 움직임은 없었다.

"사람은 여기 있는데 애먼 곳에다가 소리를 치니 내가 나갈 수가 있겠는가?”

돌연 모두의 귀를 의심케 하는 사내의 목소리가 주시하고 있는 숲 반대편에서 들렸다.

“……!!”

“……?”

게다가 어느새 자신들의 어깨 위에 손을 얹고 있는 이 사내를 마주하자 혈사대는 혼비백산하며 뒤로 물러섰다. 귀신이 아니고서야 어찌 이리 인기척도 없이 자신들에게 다가올 수 있단 말인가?

“웬 놈이더냐!”

“그건 알아서 뭐 하시게?”

휘잉―!

사내의 말에 뒤이어 작은 바람이 그들을 스쳐 지나갔다. 바람 한 점 없던 이 날씨에 어찌 이런 바람이 불었는지 그들은 곧바로 알 수 있었다.

퍼억―!! 뿌각―!

갑작스레 나타난 사내의 행동이 너무나 빨라 자신들이 느끼지 못했다는 것, 그리고 그렇게도 빠른 사내를 잡지 못해 바람이 뒤늦게 불어왔다는 것을 말이다.

털썩―!

쿵! 촤아악―!

사내의 발차기에 혈사대는 마른 짚단마냥 날아가고, 바닥
에 꽂히고, 굴렀다. 그리고는 더 이상 일어서지 못했다.

어린애 다루듯 너무나도 쉽게 그들을 제압해 버린 사내는
곧바로 백 총수를 짓누르고 있는 혈악귀도에게 몸을 날렸다.

쉬이익—!

“……?”

혈악귀도는 순간 자신의 눈을 의심했다.

저 멀찌감치 얼굴 형상이 보일까 말까 하던 사내의 얼굴이
발 구르기 한 번에 제 코앞까지 날아들었다. 이번에도 어김없
이 뒤늦게 사내를 따라온 바람이 혈악귀도를 스쳐 지났다.

게다가 혈악귀도가 어떤 반응을 내보일 틈도 없이 사내는
백 총수를 짓누르던 그의 다리를 차버렸다.

빠각—!

이 사내가 보통의 고수였다면 혈악귀도를 걷어찬 제 다리
가 되레 부서졌을 것이다. 하나 사내는 일반적인 고수의 수준
이 아니었다.

비틀거리며 중심을 잡은 혈악귀도는 절대로 믿을 수 없다
는 경악과 의혹이 뒤범벅되어 사내를 바라봤다.

“혈악귀도!!”

순간적으로 속박에서 풀려난 백 총수가 이를 갈며 미친 듯
소리쳤다.

콰앙—!!

백 총수의 발차기가 혈악귀도의 어깨를 내리찍었다.

무서운 위세였으나 혈악귀도의 몸이 기우뚱하는 순간, 그의 몸이 십여 개의 그림자로 화하여 되레 백 총수의 눈앞까지 날아들었다.

"잔재주 따위!!"

백 총수가 냉소를 터뜨리며 현란한 장력을 쏟아 십여 개의 그림자를 공격했다.

퍼버벙—!

다시 한 번 폭음이 터졌다.

"크윽!!"

가공할 백 총수의 초식에 혈악귀도는 멀찌감치 몸을 뒤로 뺐다. 충격에 뒤로 물러선 백 총수의 등을 사내는 조심스레 받아냈다.

"고맙네. 인사는 이 싸움이 끝나고 하도록 하지."

부웅—!

백 총수는 다시 한 번 단전에 기를 모았다.

방금 전 공격으로 내상이 심했으나 이번이 아니면 저 찢어 죽일 놈을 제압할 시기를 날릴지도 모르기 때문이었다.

"비키시게!!"

"……"

하나 사내는 백 총수의 생각을 알아챘는지 굳은 얼굴로 그
의 앞을 막아서곤 고개를 가로저었다.

"인사를 듣기 위해서라도 이 싸움은 끝내겠습니다. 그러니
백 총수님은 아가씨에게 가서 몸을 보살피십시오."

"…자네, 어찌 우릴……."

사내는 대답하지 않은 채 작은 미소를 보이곤 등을 돌렸다.

"카악!!"

등 돌린 사내의 앞으로 물결치듯 혈악귀도의 장력이 날아
들었다.

"검을 쥐고 싸우는 건 정말 간만인데."

허리춤에 채여진 검을 뽑아 드는 사내의 작은 중얼거림.

뽑혀 든 검이 번뜩이는 순간,

쏴아아아아—!

그를 집어삼키려던 파도는 흔적도 없이 잠잠해졌다.

그리고 정적 뒤에 나타난 사내의 모습.

그의 시선이 차가워졌다.

우우우—

은우하게 울리는 검 소리.

그의 검끝이 자신을 향하자 혈악귀도는 가슴이 철렁하여
기세가 위축되고 말았다.

'이, 이… 무슨 말도 안 되는……'

스윽—

그저 조용히 검을 위에서 아래로 내려쳤을 뿐이다.

하지만 그 위력은 변화가 필요없을 정도의 위력을 지니고 있었다.

"검강?"

혈악귀도는 자신도 모르게 탄성 섞인 외침을 뱉었다.

검강이라니, 검신합일을 이뤄야만 가능하다는 그 검강을 저 얼굴조차 처음 보는 사내가 구사한단 말인가? 그것도 이 썩어빠진 줄만 알았던 중원 땅에서?

혈악귀도는 결국 다가오는 검기를 맞받아치지도 못하고 크게 경악하며 번개같이 몸을 돌렸다.

사악—!

요란함도 커다란 폭음도 없었다.

그저 단순히 종이가 베어지는 소리와 함께 자신이 서 있던 곳의 커다란 나무가 반듯하게 잘려 나갔다.

게다가 단순히 스쳤음에도 옷깃은 물론이요 살점도 나가 떨어졌다.

"큭!"

하나 그것이 끝이 아니었다.

퉁!!

검붉은 광채가 사내의 손에서 폭사되었다.

사내는 번개같이 십 장가량 떨어진 혈악귀도를 향해 일지를 쏘았다.

멸절지공탄(滅絶指孔彈)이었다.

"이, 이 무공은?"

혈악귀도의 눈이 경악으로 크게 떠졌다.

'막지 못하면 죽는다!'

꼴이 말이 아니었다.

마교의 교주 중 하나로 불리는 자신이, 약관을 겨우 넘긴 듯한 사내에게 이리 농락당하다니. 이런 상황은 제 꿈에서도 상상조차 해본 적이 없었다.

"제기랄!!"

하지만 그것이 현실이었다.

혈악귀도는 급히 전신의 내공을 전부 끌어 모아 손바닥에 집중시켰다.

콰─ 쾅!!

그의 일지가 혈악귀도와 충돌하자 벼락 치는 굉음이 터져 나왔다. 요란한 굉음과 함께 혈악귀도의 허리가 크게 젖혀졌다. 목구멍을 뚫고 새어 나온 핏물이 바닥으로 떨어져 내렸다.

'이 무슨 괴물 같은……'

혈악귀도는 달아나고 싶었다.

강호에 발을 담근 이후로 상대에게 두려움을 안겨주던 삶을 살던 그가 이 순간만큼은 달아나고 싶었다.

앞서 백호충선과의 싸움이 있어 지친 데다 그를 얕잡아본 자신의 실수가 컸지만, 단 이 초식 만에 자신을 만신창이로 만들어 버린 저 사내는 실로 두려운 존재였다.

게다가 방금 전 보인 그 무공은…….

"다, 당신은 혹시…….”

한순간이지만 일지를 날릴 때 보였던 그 흉흉한 마광. 그것은 멸의 비급을 익힌 자에게서 볼 수 있는 것이었다.

"그것은 분명 멸의 무공."

"그렇소.”

혈악귀도는 잘 알고 있었다.

자신이 존경하고 따르기를 망설이지 않았던 패황군의 눈이었다. 그리고 그 멸의 비급을 저렇게 온전히 다룰 수 있는 자는 전 무림에서 단 한 명뿐.

혈악귀도의 떨리는 입술이 천천히 움직였다.

"…어찌 그분의 핏줄인 당신께서 소신에게…….”

"그분의 핏줄?”

혈악귀도는 사내의 물음에 고개를 조아리며 공손히 말을 이었다.

"예, 당신은 저희가 찾고 찾았던 지존 파황군님의 유일한 혈육이십니다."

갑작스런 태도 변화. 아까와는 사뭇 다른 분위기가 되어버렸다. 하지만 사내는 달랐다.

"그래서?"

"예?"

이 또한 전혀 상상치 못한 일이었다. 교주로서의, 그리고 자신이 살아오면서 모든 인생을 통틀어 이렇게 황당무계한 일을 겪어본 적이 있던가.

사내는 냉랭한 투로 말을 이었다.

"그래서 뭘 어쩌라는 거지? 설마 구구절절 당신들이 나를 찾은 이유와 이렇게 된 옛날 일들을 설명할 생각을 하는 건 아니겠지?"

"그, 그건……."

되레 수세에 몰린 혈악귀도가 우물쭈물 말을 잇지 못했다.

그 모습을 멀리서 내상을 다스리며 지켜보던 백 총수와 소예령은 어리둥절하기에 충분했다.

"갑자기 싸움을 멈추고 무슨 이야기를 하는 거죠? 저런 젊은 초일류고수가 중원에 존재하다니 놀랍네요. 처음 보는 얼굴인데."

"… 아가씨, 어쩌면 말입니다."

"예?"

“아니……."

말끝을 흐리던 백 총수는 심중한 얼굴로 다시 멀찌감치 떨어져 있는 사내를 바라보았다.

“아닙니다. 우선은 지켜보는 편이 좋을 듯합니다."

“이유가 어찌 되었든, 무슨 일이 있었든 지금 이 땅을 딛고 있는 두 다리는 나의 것이며 당신을 제압하는 건 나의 의지다. 내가 누구의 핏줄이든 전혀 상관없고 전혀 쓸데없는 일이야. 과거는 과거일 뿐이지."

“……."

사내의 계속되는 냉랭함은 혈악귀도에게 혼란을 주었다.

“다, 당신께서 원하시는 것은 무엇입니까? 정의입니까, 패도입니까? 힘을 중시하시는 것입니까, 아니면 정의를 원하시는 것입니까? 어째서 저희에게 칼을 겨누시는 것입니까."

“둘 중 어느 것을 지향하느냐는 물음인가?"

물론 너무나도 갑작스런 상태에 자신 또한 정신을 차리진 못하고 있었다. 하나 저 사내는 분명 자신들이 찾아 헤매던, 그리고 주문중과 제갈성에게 죽은 줄만 알았던 파황군의 혈육이 분명했다.

사내가 말을 이었다.

“내가 묻고 싶군. 그 두 개의 차이가 무엇인가?"

“…….”

되레 돌아온 질문에 혈악귀도는 말문이 막혀 버렸다.

“정파는 늘 정의를 부르짖고 당신들은 철저한 약육강식의 패도를 부르짖지만 그 두 개의 다른 점을 나는 전혀 모르겠는데 말이야.”

“…….”

“결국 그 둘 다 무엇인가를 찾고 차지하기 위해 발버둥 치는 것 아닌가.”

“…….”

“나는 그 어느 쪽도 아니다. 그 두 세력의 싸움이 지겹고 진절머리나는 삶들이 만들어낸 또 하나의 길이자 끝을 향해 달려가는 사람일 뿐이지.”

그의 말이 끝날 때까지 혈악귀도는 단 한 마디 말조차 꺼내지 못했다. 그의 무공에 눌린 것이 첫 번째요, 그의 단호함에 눌린 것이 두 번째, 마지막으로 자신의 입장에 대해 갈피를 잡지 못한 것이 세 번째였다.

“그리고 이 두 분에 대해서 더 이상은 손을 쓰지 않는 편이 좋을 것이다.”

“…….”

뿌득—

백호충선과 소예령 계집을 감싸는 것을 보니 이미 돌이키기엔 너무 늦었을 정도로 중원 사람이 되어 있는 자신들의 소군주. 하지만 내색할 순 없었다.

소군주로 확실시되는 저 사내의 손은 언제든지 휘둘릴 수 있는 검을 잡고 있었으니까.

"…소신, 그렇다면 오늘은 이만 물러가겠습니다."

스슥―

밤안개 끼는 것처럼 시야가 일렁이더니 혈악귀도는 모습을 감췄다. 사내도 그제야 뽑았던 검을 허리춤에 차곤 멀리서 자신을 지켜보는 두 사람을 향했다.

"몸은 좀 어떠십니까?"

"덕분에 감사하네. 하지만 그를 어째서 놔주었는지 궁금하군."

"놔준 것이 아닙니다."

"그렇다면?"

"그를 통해 저의 존재를 알린 것입니다."

일단 졸개도 아니고 마교의 교주 중 하나를 통해 존재를 알리다니 이는 너무나도 거대한 산이었다.

"……."

"…내 알기론 그런 무공을 쓸 수 있는 사람은 이 무림에 단 두 명뿐이네. 그러나 지금의 대화로 보아 그 한 명은 혈쟁 속에서 이미 죽은 것이 확실하고, 나머지 한 명은 지금의 자네

와는 전혀 다른 사람일세. 생김도, 성격도, 그리고 목소리
도."

"그렇군요."

확실히 달랐다.

절세미인이라고 할 정도의 외모를 가진 사람의 입에서 남
성의 목소리를 듣는 이질감. 고운 선과 하얀 피부, 그리고 검
과는 전혀 인연이 없을 것만 같이 생긴 미남자였으니까.

"우리를 위기에서 구해준 것은 감사하지만 자네 무공의 근
본과 목적을 알지 못하는 나로선 더 이상 우리에게 다가오지
않았으면 하는군. 물론 오늘일은 반드시 사례하겠네."

"……."

"아가씨?"

백 총수의 말이 이어지는 동안, 그리고 그가 자신을 부르고
있음에도 소예령은 멍한 눈동자로 사내를 올려다보고 있었
다.

"당신……."

소예령은 그 사내에게서 익숙한 모습을 보았다.

그리워했던 모습을 보았다.

그리고 너무나도 간절히 원하던 눈동자를 찾았다.

"그동안 잘 지내셨는지요?"

사내는 품을 뒤적이더니 옥으로 만들어진 나비 머리 장식

을 꺼냈다.

“예전 약속드렸던 아가씨의 선물입니다.”

백 총수는 이미 알고 있었다는 평온한 얼굴로 사내를 바라보았다. 머리 장식을 건네받은 소예령의 눈가는 금방이라도 울음을 터뜨릴 듯 촉촉이 젖어 있었다.

“역시… 당신……”

그리고 사내는 예전처럼 수줍은 미소가 아닌 하얀 이를 시원스레 드러내 보이는 웃음을 보였다.

“예, 소월입니다, 아가씨.”

*　　　*　　　*

서늘한 석실에 들어선 모용비를 반긴 것은 힘없는 장로들의 인사였다.

“결국 목줄을 뜯어내고 말았구나.”

“그럴 것이란 걸 알고 있었지 않소.”

모용비는 자신을 측은히 내려다보는 사흑련의 장문인들을 무심한 눈으로 올려다보았다.

그들은 마교의 복수에 눈이 멀어 외도로 빠진 집단. 하나 그래 봐야 그들 또한 명문정파에 뿌리를 두고 있다.

“가여운 아이. 하지만 우리 또한 그 처지구로구나.”

"당신네들은 나완 달라. 오히려 진소월과 맞아떨어질 테지."

그런 그를 보며 장로들은 작은 숨을 내뱉었다.

"백림자수를 네가 얻었다는 것은 사마진과 비악선녀는 이미 죽었다는 것이겠지."

모용비 뒤로 젊은 여인이 걸어나왔다. 장로들 앞에 선 그녀는 한껏 턱을 치켜들며 도도함을 뽐내었다.

"일이 있어 나는 이쪽 사람이 되었어요. 그러니 서운해 하지들 마세요."

"그런가. 결국 비껴나갈 수 없는 일이군."

비악선녀가 멀쩡하게 나타나자 장로들은 이미 체념한 얼굴이었다. 이로써 모용비는 천의 무구 세 개 중 두 개를 가지게 되었다. 이미 그것만으로도 이 중원에서 그를 이길 수 있는 자는 극히 드물다고 보아도 될 것이다.

천의 무구는 그 정도의 물건이었다.

부수지 못해 봉인해야만 했던, 봉인을 하되 위험할 때 자신들이 꺼내 들리라 생각하게 만드는 탐욕을 만들 정도의 무구다.

"천의 무구가 어째서 봉인당했는지 귀검을 보고 확실히 알았다. 이건 멸의 비급 못지않은 마물 덩어리더군."

지금이라면 그때 진가에서 보았던 진혈대마는 물론 괴기

스럽던 소월과도 호각으로 싸울 수 있을 것 같았다. 절대로 사미환이 약한 것이 아니었다.

다만 이 천의 무구가 너무나도 강한 것이다.

"모든 것이 그렇듯 그것을 제어할 내공이 없다면 말짱 도 루묵이지. 백림자수로 귀검의 요기를 막는 것 역시 한계가 있 다. 천풍선이 가세한다 하여도 말이지. 그렇게 귀검의 주인은 자신도 모르는 사이에 서서히 먹혀 버리게 된다. 지금의 너처 럼."

마치 뱀처럼 꿈틀거리는 귀검을 잡은 모용비의 한쪽 눈동 자는 붉은 기운을 띠고 있었다.

"그 뒤엔 어떻게 되지?"

"귀검의 꼭두각시가 되는 것이지."

"킥—"

모용비는 웃었다.

"겨우 그건가."

"각오에 따라 다르겠지만 지금 상태론 네가 원하는 것을 거머쥐기 전에 귀검에 먹혀 버릴 것이다. 그보다 너에게 억울 한 건 없겠지."

"귀검을 포기해라. 지금이라면 우리가 너를 거둬들이겠 다."

장로들의 말에 모용비는 고개를 가로저었다.

"아니, 이미 내 길을 찾았다. 나는 당신들처럼 웅크려 기회를 엿보는 고양이가 되지 않겠다. 이번 일로 마교는 나와 함께 사라질 것이다. 그러나 지금은 당신들이 먼저야."

"역시나 복수에 눈이 멀어버렸군."

"그건 당신들 또한 마찬가지 아니던가."

"사호!"

모용비의 눈썹이 꿈틀거렸다.

"나를… 그 이름으로 부르지 마."

그는 작게 이를 갈았다.

비악선려는 조심스레 모용비에게서 떨어졌다.

사호란 이름에 반응한 그의 살기가 동굴 안을 전부 메워 버렸기 때문이다.

"어찌 지금의 네가 있는 근본인 이름을 증오한단 말인가. 자신을 증오하면서 무엇을 이루려는 것이더냐!"

"증오?"

그는 이젠 완전히 붉게 물든 눈으로 매섭게 장로들을 쏘아보았다.

"내가 내 자신을 증오하기 때문에 이러는 것 같은가."

스릉―

모용비는 조용히 허리춤의 귀검을 꺼내 들었다.

"그 누구도 내 소중한 이름을 함부로 더럽힐 수 없다. 내가

소중히 아끼는 이들외엔 아무도 그 이름으로 날 부르지 못
해.”

장로들 또한 자리에서 일어섰다.

“그래, 이제 끝을 내자.”

“후후.”

등이 굽었던 노인은 그 등을 폈으며, 실없는 웃음을 흘리던
여인은 딱딱한 얼굴로 자리에서 내려섰다.

“오너라!! 그동안 얼마나 늘었는지 보자꾸나, 혈련자!!”

쉬잉—!

개중 가장 덩치가 큰 장로 하나가 바람을 가르며 모용비의
머리통만 한 주먹을 내질렀다.

第四十五章
귀검

진소월

　마교의 우두머리인 파황군이 쓰러지고, 남은 그의 비급과 천의 무구, 그리고 명문정파들의 비급을 차지하기 위해 일어난 혈쟁.

　혈쟁 당시 중원의 중요 인물들을 제거하기 위해 마교에서 비밀리에 아홉 주교가 나서서 만들어낸 살수 집단이 있었다.

　구룡혈사(九龍血嗣).

　아홉 마리의 용. 그 피를 잇는다는 이 살수단은 무공의 자질이 있는 어린아이들을 데려오기 위해 그 집안을 멸하고 세 살배기의 아이를 어렸을 때부터 세뇌시켜 자신들의 수족으로 만들어 버렸다.

본명조차 알지 못하고 번호로 불리게 된 이들.

모용비는 개중 사호라는 이름으로 불렸다.

가장 여리고 배움의 진도가 늦어 가장 먼저 떨어지거나 죽을 것이라는 조롱을 담아 '四'가 아닌 '死'를 따서 사호라 그를 불렀다.

그들의 임무는 간단하고도 잔혹했다.

한 명당 한 사람의 표적을 제거하고, 표적을 제거하고 나면 제 목숨을 스스로 끊어 정체를 들키지 않는 것.

하지만 피를 뽑고 살을 깎는 고통을 견뎌낸 그들을 기다린 건 자신들이 예전부터 주입받아 오던 영광의 임무가 아닌 몰살이었다.

어느 순간부터 강해진 자신들이 굳이 표적을 제거하고 목숨을 버려야 하는 것에 의문을 품고 나서부터였다. 모두를 선동한 것은 표적을 제거하고 난 뒤 죽는 것을 두려워하는 제 동료를 본 이호였다.

사문술에 걸려 울며 스스로의 목을 꿰뚫는 일호의 모습에 이호는 무언가 잘못됐다는 사실을 느낀 것이다.

자신들은 이리 소모품으로 살아가기 위해 살아온 것이 아니다.

그동안 동료로서 자신의 등을 지켜주고 죽을 고비를 함께 참아왔던 동료의 바라지 않던 죽음은 그에게 새로운 자아를 깨닫게 해버렸다.

결국 살아 돌아온 그의 지휘 아래 구룡혈사는 조금씩 변해가기 시작했다.

주교들 또한 예상외로 중원에 제거해야 할 인물들이 늘어나는 바람에 그들에게 절대적인 죽음을 강요하진 않았다.

하나 그리 된다면 굳이 여덟 명을 전부 데리고 있을 필요도 없을 것이기에 스스로 자결을 명하였다.

결국 그에 반발한 구룡혈사는 마교에서의 탈출을 감행했다.

결과는 지금과 같았다.

모두가 비참하게 죽어갔다. 적어도 사람다운 삶을 찾아보고 싶다는 것도 아니었다.

단지, 소모품으로 길러진 그 운명을 벗어나고 싶다는 단 하나의 소망뿐이었는데.

모두가 죽고, 가장 어리고 가장 약하고 가장 여린 모용비만이 살아남은 것이다.

혼자 살아 숨죽여 바라본 그들의 토막 난 시체가 짐승들의 먹이로 던져지는 것까지, 모용비는 바로 어제 일처럼 그 모든 것을 기억하고 있었다.

뚝, 뚝.

“…….”

모용비는 이제 양쪽 다 붉어진 눈으로 발밑에 쓰러져 숨을 다한 장로들을 내려다보았다.

스으으—

거한 장로의 가슴팍에 깊이 꽂혀 있는 귀검은 마치 사람의 피를 빨아내듯 부르르 떨렸다. 모용비가 검을 뽑아 낸 뒤에도 거한 장로의 가슴에선 피가 새어 나오지 않았다.

꿀꺽—

멀찌감치 방금 전 일방적이었던 싸움을 지켜본 비악선려는 마른침을 삼켰다.

‘귀검은 피를 빨아 그 무공을 제 안에 넣어두는 건가? 생각한 것 이상으로 마물…….’

“애송이…….”

“……?”

타탁—!

비악선려는 넋 놓고 모용비와 귀검을 바라보다 뒤에서 들려온 낮고 무거운 음성에 화들짝 놀라 물러섰다.

“기척도 없었는데 어찌…….”

그녀가 있던 자리엔 웬 고집스럽게 생긴 노인이 부릅뜬 눈으로 모용비를 바라보고 있었다. 모용비 또한 귀검을 검집에 담아두곤 노인을 바라보았다.

"주 노사 아니십니까."

"귀검과 백림자수로군."

딱딱한 주문중의 말에 모용비의 입꼬리가 올라섰다.

"역시 혈수마제. 단번에 무엇인지 알아보시는군요."

'저자가 혈수마제 주문중?'

누구나 부릅뜬 주문중의 눈에서 뿜어져 나오는 안광을 마주한다면 비악선려처럼 주춤하게 마련인데, 모용비는 살짝 미소까지 지어 보이며 입을 열었다.

"오늘 제가 꽤 많이 웃음을 달게 되는군요. 혈수마제께선 이 마물들이라 불리는 녀석들을 제압하실 수 있겠습니까?"

"지금 네놈 꼴을 본다면 그조차 아깝다."

"……."

"비켜서라. 이 녀석들은 삐뚤어지긴 했어도 너 정도는 아니었다."

주문중은 말없이 비켜선 모용비를 지나 바닥에 쓰러져 있는 장로들을 한쪽에 가지런히 눕혔다.

"못난 사람들 같으니. 그동안 고생 많이 하셨소."

덤덤하지만 가슴 아림을 담고 있는 말투였다.

조용히 자리에서 일어난 주문중이 모용비를 돌아봤다.

"이 녀석들이 전력으로 너와 맞붙었다면 네가 이리 무사한

몰골로 나를 맞이할 수 있었을 것 같으냐.”

“이렇게 된 것, 주 노사의 무공도 탐이 나고 있습니다.”

“왜 그리 변했느냐? 귀검 때문이냐?”

모용비는 고개를 끄덕였다.

부정하지 않겠다.

귀검이 자신을 바꾸었다.

아니, 자신을 바꾸는 데 있어 귀검은 큰 역할을 했다.

“진가에서의 그날, 얼마나 제가 하찮은 우물 안의 개구리였는지 알게 되었습니다. 그리고 힘이 얼마나 제 삶에 있어 중요한 것인지도 알게 되었지요. 원하지 않아도 힘을 손에 넣게 되는 인생이 있는가 하면, 절실히 바라도 이 모양으로밖에 힘을 얻을 수밖에 없는 사람도 있습니다.”

“소월이는 그 힘의 방향을 잡았다. 네놈과는 다르다.”

“예, 분명이 다릅니다. 그는 재생을 원하고 저는 무를 원하기 때문이지요.”

“녀석들은 너를 놔주라 한 것 같지만 나는 널 그냥 보낼 수가 없다.”

“저도 그렇습니다.”

“갈!”

돌연 주문중이 무섭게 모용비를 덮쳐왔다.

그 기세가 심상치 않음을 느낀 모용비는 몸을 피하며 외쳤다.

"여전히 기세 좋은 살기이십니다."

"흥! 동굴에 매장시켜 주마!"

크허엉!

주문중의 음성에는 거대한 위력이 깃들어 있었다.

퍼퍼펑—!!

모용비가 그의 기세에 잠시 주춤하는 사이 그가 가공할 장력을 연속으로 쳐왔다.

쾅—!

모용비는 일장을 부딪치자 대번에 혈이 콱 막힘을 느꼈다.

'과연 혈수마제!! 백림자수를 입고 있음에도 엄청난 충격이다.'

모용비는 즉각 귀검을 뽑아냈다.

끼아아아—!

귀검 또한 상대가 강하다는 것을 인지했는지 뽑혀 나오자마자 요동치기 시작했다.

"천지광란!!"

강한 기합과 함께 귀검이 휘둘리자 핏빛 광채가 천지를 뒤덮는 것 같았다.

주문중이 핏발 선 눈으로 모용비를 노려보았다.

"그 잘난 마물을 부숴 버리겠다!!"

수와아아아―!!

묵직한 바람 소리와 함께 강력한 소용돌이가 형성됐다.

주문중은 전신의 공력을 쏟아내어 날아드는 귀검의 공세에 맞섰다.

파아아악!!

강기가 실린 주문중의 주먹은 마치 천신의 주먹인 듯싶었다.

캉!!

쇳소리가 메아리치며 귀검이 하늘 위로 튕겨져 올랐다.

퍼버벙―!!

모용비는 반동을 이기지 못하고 삼 장이나 날아갔다.

쉬악―!

폭죽이라도 터지는 듯한 폭음과 함께 주문중의 주먹에서 쏟아진 권풍이 모용비의 윗옷을 갈가리 찢어냈다.

"큭!!"

백림자수를 입고 있는 모용비에게 주문중의 권풍은 아무런 타격을 주지 못했다. 하나 그것은 그를 크게 놀라게 하기에 충분했다.

한번 물면 반드시 피를 보고야 마는 귀검이 튕겨져 나간 것이다. 폭풍이 사라진 자리에 모용비는 머리를 세우고 주문중을 노려보았다.

모용비의 두 눈이 더욱 붉게 물들었다.

"괴물은 따로 있었군."

"백림자수를 입고 있어도 마찬가지다. 곧 네놈을 피떡으로 만들어주마."

주문중의 음성은 기이한 요력이 깃든 듯했다.

탓—!

이번엔 모용비가 먼저 나섰다.

귀검을 들고 있었지만 금제가 풀린 모용비 또한 초일류고수의 반열에 드는 인물이었다. 단지 상대가 주문중이라는 괴물이란 것이 문제였다.

휘릭—!!

주문중은 번개같이 몸을 돌려 모용비의 등짝에 일장을 가격했다.

카앙!!

가격당한 모용비의 등이 쉿소리를 냈다.

"큭!"

"우선 등뼈를 부러뜨려 주마!"

주문중은 연달아 검붉게 변한 독장으로 모용비의 등을 산산조각 낼 작정이었다. 모용비 또한 죽기 살기로 몸을 돌려 주문중을 찔러 나갔다.

"크으!"

"……?

순간 주문중이 놀란 표정을 짓더니 급히 뒤로 물러섰다.

푹―!

동시에 모용비의 검이 주문중의 어깻죽지를 쑤셨다.

스으으으―

주문중의 안색이 돌변했다.

순간적으로 폐부에서 토악질이 올라왔다.

쿠욱!

주문중은 목 위로 넘어오려는 토악질을 가까스로 삼켜냈
다.

'이 느낌은?

그리곤 한차례 몸을 부르르 떨더니 뒤에서 조마조마한 얼
굴로 바라보는 비악선려를 노려봤다.

"네 이년!!"

취이이익―

그의 등에선 썩은 악취가 나고 있었다.

흰머리는 서서히 보랏빛으로 물들고 있었다.

"……!"

"정말이로군. 그가 말해준 대로였어."

손에 아직 마저 던지지 못한 침을 들고 놀라워하는 비악선
려를 노려보던 주문중은 비틀거리며 다시 한 걸음 뒷걸음질

쳤다.

'씨부랄, 저년이 어떻게······.'

비악선려가 던진 수십 개의 바늘엔 독이 묻어 있었다. 혈수마제이자 독공에 능통했다고 불리는 자신이 지금 독에 중독된 것이다.

주문중은 어이가 없었다.

물론 자신은 만독불침이 아니었다.

하지만 만독불침이 아니라 하더라도 특정한 혈을 찌르지 않는 한 어떤 독에도 내성을 가지는 만독불침이나 마찬가지인 몸뚱이였다.

그런 자신의 특정한 혈을 아는 것은 단 두 사람뿐이었을 정도로 조심스러운 자신의 약점이었는데······.

그런 그것을 어찌 저 계집이 알아챘단 말인가?

"이··· 썩을··· 년이······."

주문중의 입에서 신음이 새어 나왔다.

비악선려는 흉포한 주문중의 안광에 놀라 급히 뒤로 물러나며 소리쳤다.

"지금이에요, 혈련자!!"

모용비는 단박에 비악선려의 말뜻을 알았다.

그는 재빨리 흔들리는 주문중을 향해 검을 내뻗었다.

취리릭―!!

독사 같은 귀검이 주문중을 찢어발길 기세로 날아들었다.

"갈!!"

그의 검이 사정거리에 들어오자 주문중은 기합성과 함께 날아오는 모용비의 검을 향해 주먹을 휘둘렀다.

펑—!!

커다란 폭발음과 함께 모래연기가 자욱이 퍼져 올랐다.

차작!

모용비는 겨우 균형을 잡아 착지했다.

"크허헝!!"

주문중은 모용비가 잠시 뒤로 물러선 틈을 타 커다란 사자후를 내뱉곤 급히 동굴을 빠져나갔다.

쿠구궁—!

주문중의 내력이 실린 사자후는 동굴 천장을 무너뜨리기 시작했다.

"아직 주문중을 잡기엔 무린가."

모용비가 들어 보인 귀검의 끝에 주문중의 오른팔이 꽂혀 있었다.

"하지만 나쁘진 않군."

그의 곁으로 놀란 가슴을 쓸어내린 비악선려가 다가왔다.

"후, 역시 혈수마제. 그 눈빛만으로 온몸이 찢어지는 줄 알았어요."

“정말 그리 됐을지도 모르지.”

비악선려의 말에 모용비는 차갑게 대꾸했다.

“정말… 이런 남자를 왜 도와주겠다고 내가…….”

“알고 있어. 당신이 의로 인해 날 돕는 것도, 호기심에 의해 그러는 것도 아니라는 걸.”

“……?”

순간적으로 비악선려의 등줄기가 축축이 젖었다. 그의 무심한 듯한 두 눈이 자신을 꿰뚫어 보고 있었다는 것이다.

“다만 지금은 쓸모가 있으니 이리 순순히 이용당해 주는 것이야.”

그녀는 메마른 입술에 침을 발랐다.

“그렇군요.”

비악선려는 입을 닫고 조용히 그를 바라보았다.

‘이 남자, 볼수록 매력적이야.’

“모산파는 이미 하루 전에 출발했어요.”

“괜찮아. 모산의 실력을 알아볼 기회이기도 하고. 마교는 어떻지?”

“혈성의 말에 따르면 교주 중 한 명인 혈악귀도가 심각한 부상을 입었다 하네요. 아직 중원에 나타나지 않은 세 주교 중 마지막 한 명인 마혈진명은 행방이 아직도 묘연해요.”

“알고 있어. 그는 내가 주교들을 잡아 교단에 대해 들었을 때도 아무런 얘기도 못 들어본 인물이니까. 그저 상징적인 자일 수도 있어. 그보다 진혈대마는?”

“진혈대마야 혈악귀도가 당한 이상 모습을 드러내지 않겠어요? 마혈진명이 정말 가상의 인물이라면 이 두 명이 지금의 마교를 버티는 기둥일 텐데 말이에요.”

“마교의 기둥이라……. 그런 자가 그리 쉽게 당했단 말이지.”

소월이 혈악귀도를 사망에 가까운 상태로 몰아넣었다는 것은 모용비로서도 의외였다. 생각에 잠긴 듯한 모용비를 곁눈질하던 비악선려는 예전부터 궁금했던 일을 꺼내 들었다.

“그나저나 왜 진소월 쪽이 아닌 모산파를 회유한 거죠? 혈악귀도를 그렇게 만들어 버린 실력이나 목적으로 보자면 진소월 쪽이 모산파보다 더 손쉬운 회유 대상 아닌가요?”

“어찌 보면 당신 말처럼 애초에 잘 끼워져야 하는 관계였지만, 나의 오만함이 그것을 쓸모없게 만들어 버렸지. 하지만 이제 와 그걸 되돌릴 순 없어.”

“흐응? 뭔가 단단히 미움 살 짓을 했군요.”

“꼭 그렇지 않더라도 그 녀석과 나는 겉으로만 같지 속으로는 전혀 다른 그림을 그리고 있었으니까.”

마교는 자신들의 힘만으로는 절대 감당하기 어려울 것이다.

그렇기 때문에 모산파를 이용해 마교의 짓으로 꾸며 무림맹을 공격하고 마교 쪽은 모용세가의 이름으로 공격할 심산이었다. 아니, 이제는 그 외의 무공들 또한 갖추고 있으니 팔 아넘길 문파의 이름은 얼마든지 확보해 둔 것이나 마찬가지였다.

서로를 이간질해서 힘을 약하게 한 뒤에 그 이점을 이용해 두 세력을 쓸어버리는 것이 모용비의 계략이었다.

*   *   *

치이익―

푸드득―!

힘찬 날갯짓. 비둘기 한 마리가 하늘 위로 날아올랐다.

"이젠 한계다. 녀석이 신중히 생각해야 할 것인데……."

이미 머리카락 대부분이 보랏빛으로 변한 주문중은 비둘기를 날리곤 곧바로 자리에 앉아 가부좌를 틀었다. 그의 정수리 위로 계속해서 연기가 뿜어져 올랐다.

독기를 뽑아내야 하는 것은 물론이오, 귀검에게 당한 오른팔의 지혈, 게다가 무리하게 끌어올린 공력을 안정시키는 것이 최우선이었다.

'어째서… 어째서인 것이냐, 주가 이놈아.'

주문중의 다문 입에서 한줄기 비릿한 핏물이 흘러내렸다.

第四十六章
죽은 자들과의 재회

劍叜 진소월

이상할 만치 조용한 새벽.

풀벌레 울음소리도, 바람의 작은 휘날림도 느껴지지 않는 기이한 상황.

콰앙―!!

그것은 커다란 폭발로 무당이 자랑하는 삼십일문 중 첫 번째 문을 날려 버리며 시작됐다.

그리고 채 반 시각이 지나지 않아 모든 채비를 마치고 자소봉의 거처에서 보고를 기다리던 무당의 장문인은 자신의 귀를 의심해야만 했다.

“다시 한 번 말해보아라.”

“그, 그것이…….”

“내 정녕 내 귀로 들은 이 말이 사실이더냐?”

보고하러 온 이는 조용히 고개를 푹 숙이곤 떨리는 음성으로 입을 열었다.

“사실이옵니다.”

“지금 밖에서 난을 부리고 있는 자들이 예전에 죽어 무덤에 있어야 할 둘째와 다른 아이들이란 이 어이없는 말을 나보고 믿으라는 것이냐?”

음성이 떨리긴 무당의 장문인 장문태성 또한 마찬가지였다. 이런 미친 일이 어디 있단 말인가.

하지만 그것은 분명 현실이 되어 나타났다.

콰지직—!!

대관의 거대한 문이 부서져 나가며 쏟아져 들어온 한 무리의 인물들. 흉흉한 눈빛만큼 장내의 이들을 경악시킨 것은 그들에게서 나는 시체 썩는 냄새였다.

“크… 흐흐…….”

허연 이가 뼈까지 드러나도록 떨어져 나간 살점.

이미 검으로 찔렸어도 수십 번은 찔렸음을 보여주는 너덜해진 겉옷, 검에 찔려 벌어졌을 상처에선 단 한 방울의 피도 흐르지 않았다.

　분명 전령이 전했던 말대로 일여 년 전 무당을 내려갔다 의문의 실족사를 당했던 둘째 제자 장충기와 그 밑에 있던 수련생들이었다. 머리카락이 듬성듬성 나 있고 살점이 떨어져 나갔어도 알 수 있었다. 그가 쥐고 있는 검은 제 자신이 직접 그를 위해 무덤에 같이 넣어준 그 검이 아니던가.

　"둘째야."

　장문태성의 슬픔 가득한 한마디였으나, 그들은 그것마저 기다려 주지 않았다.

　"끄으으!!"

　파팟—!!

　전혀 사람이라고 볼 수 없는 기이한 움직임으로 그들은 일제히 자리에 앉아 있는 장문태성을 향해 돌진했다.

　"장문인을 보호하라!!"

　푸욱—!!

　재빨리 장문태성의 앞을 막아선 그의 첫째 제자인 장태산이 달려드는 무리를 향해 커다란 주먹을 뻗었다.

　쉬익—!!

　공기를 가르며 기세 좋게 날아간 그의 주먹이 앞서 달려드는 녀석의 가슴팍을 날렸다.

　"끄에!!"

　가슴뼈가 산산이 부서지는 느낌을 그대로 느꼈다.

하나 그것이 끝이었다. 부서진 가슴팍의 상처와 고통은 달려드는 녀석들에겐 소용없었다. 장태산의 공격을 받은 녀석은 재빨리 장태산의 팔을 잡고 늘어나 멀찌감치 날아갈 것을 막았다.

그리곤 곧바로 온몸으로 그의 주먹에 매달렸다.

"이 미친것이!"

이번엔 다른 쪽 녀석이 짐승처럼 이빨을 번뜩이며 그의 어깨죽지를 물어왔다. 장태산은 즉각 발을 들어 달려든 녀석을 내리찍었다.

쾅—!!

땅에 균열이 갈 정도의 강력한 발차기. 살아 있는 자라면 분명 그 자리에서 절명할 것이 분명한 위력이었다. 하지만 이미 시체인 녀석들에겐 이것 또한 소용없었다.

머리가 으깨졌음에도 그놈은 끝내 장태산의 발목을 잡고 놓지 않았다. 게다가 그 힘이 어찌나 강한지 발목과 팔이 잡힌 장태산의 얼굴이 붉게 달아올랐다.

아무리 힘주어 벗어나려 해도 얽힌 실타래처럼 더욱 조이고 아픔만 강해질 뿐이었다.

"끄으으!!"

그런 장태산의 정수리를 향해 예전 그의 사제였던 장충기가 검을 내리찍었다.

"장충기! 정신 차려라!!"

"끄끄끄끄!!"

장태산이 울부짖었지만 허공을 맴도는 메아리일 뿐이었
다.

장충기의 검이 장태산의 머리를 둘로 갈라놓으려는 순간,

쿵—!!

지축을 울리는 소리와 함께 노한 장문태성의 목소리가 터
져 나왔다.

"그만두지 못할까!!"

장문태성은 노성을 내지름과 동시에 장충기를 향해 강한
일장을 날렸다.

뻐억—!!

버티고 자시고 할 것도 없이 장문태성의 장력을 맞은 장충
기는 그대로 반으로 찢겨 땅으로 떨어져 내렸다.

퍽—! 퍼억!

그와 동시에 장문태성은 장태산의 팔과 다리에 붙어 있던
녀석들의 머리통을 후려갈겨 머리와 몸뚱일 떨어뜨렸다.

"사부님!!"

"이 아이들은 더 이상 산 사람이 아니다! 망설이지 말라!"

각오를 다진 자의 얼굴.

장문태성은 희번덕이는 눈길로 주변을 훑었다. 분명 이들

이 시강시라면 이것들을 조종하는 술법자가 있을 것이다.

아무리 멀다 한들 그 거리는 이십 장 이내.

"더러운 사술은 잘 보았다! 그만 모습을 드러내라!"

그의 쩌렁쩌렁한 목소리가 기둥이 흔들릴 정도로 울렸다. 제자 중 몇몇은 그 내공을 이기지 못하고 뒤로 물러나 귀를 막을 정도의 내력이 실린 노성이었다.

"흥! 역시 무당의 장문인 자리가 허울뿐은 아니로군."

기둥 뒤에서 냉랭한 목소리가 흘러나왔다. 그리고 목소리의 주인은 곧 그들 앞에 모습을 드러냈다.

"……"

상대방의 얼굴을 확인한 장문태성의 얼굴이 딱딱하게 굳었다. 게다가 그는 얼굴마저 붉히곤 이내 부들거리며 떨리는 입술로 소리쳤다.

"분명 네놈은 사성운!! 모산파의 첫째 제자 신분으로 마교를 돕다니 네놈들의 긍지는 땅에 떨어진 것이냐!!"

"흥! 긍지?"

독설로 맞받아치는 이 인물은 깡마른 체격에 온몸 가득 부적을 달고 있는 사내였다.

그는 모산파의 차기 문주로 불리는 사성운이었다.

"단지 이해 관계가 맞아떨어졌을 뿐이지. 어차피 지금 정파나 마교나 우리는 하등 다를 게 없어 보인단 말이지. 아니,

오히려 모산파의 이점을 이해하고 써먹어주는 마교가 낫다고 해야 하나? 시정잡배 취급을 하던 네놈들이 이제 와 우리 문주의 결정을 뭐라 할 수 있단 말인가!?"

"네 이놈! 그것도 주둥이라고 잘도 나불대는구나!"

"나불거리는 건 너희들이 가장 잘하지 않더냐!"

모산파 자체는 분명 정파에 속해 있었으나. 정작 정파의 이들은 모산파를 인정하려 들지 않았다.

그 이유인즉 그들이 쓰는 비술 때문이었다.

지금 무당파를 공격한 시강시들 또한 모산파의 비술이었으니 정파의 입장에선 그런 그들이 꺼림칙하나 정파로 두어 묶어두자는 생각하에 받아들인 것이다.

"참고로 말해두자면 내 실력은 이런 허섭스레기가 아니오."

사성운의 이죽임에 장문태성은 생각에 잠겼다.

분명 모산파의 차기 문주로 불리는 자. 그런 자의 실력이 겨우 이 정도 허수아비 부림일 리가 없었다. 그럼에도 그가 이 장내에 자리하고 있던 이유는 단 하나.

"애초에 자네의 목적은 나였는가?"

"구대문파에서도 손에 꼽는 무당파의 장문에겐 그에 맞는 대접을 해드리는 게 도리일 테니."

"그게 가능할 것 같은가?"

“가능하니 이곳에 있겠지.”

짤막히 대답한 사성운은 허리춤에서 꺼내 든 부적에 제 손가락에 상처를 내어 피로 글씨를 써 내려갔다. 그리고 그가 부적을 향해 중얼거리자 기둥 뒤에서 또 한 명의 인물이 걸어 나왔다.

한눈에 보아도 방금 전 썰어 뭉갠 시강시들과는 질적으로 달라 보이는 놈이었다.

“모셔오느라고 힘들었소.”

썩은 악취는 어쩔 수 없었으나 움직임은 살아 있는 자와 같은 모양새. 사성운의 이죽임에 시강시의 얼굴을 마주한 장문태성의 동공이 커졌다.

“여문취선?”

“혈쟁 덕분에 질 좋은 시체들이 널렸으니.”

여문취선이라 하면 혈쟁 때 공동파의 고수 중 한 명으로 그와 절친했던 벗이기도 하다.

자신은 혈쟁이 지나고 난 지난 세월 동안 주름이 생겨 버렸으나 그는 젊었을 때의 모습 그대로였다. 그러나 깡마른 몰골과 혈색은 가히 그가 시체라는 사실을 입증하기에 충분했다.

“으… 어어……”

물론 여문취선이 장문태성을 알아보는 일은 없었다.

뿌득—

장문태성은 이를 갈았다.

그의 두 주먹이 바르르 떨렸다.

"네놈, 용서할 수 없구나."

"애초에 용서를 빌러 온 자리도 아니니 신경 쓰지 마시오."

그를 조롱하는 말은 사성운이 아닌, 그의 뒤에서 걸어나온 한 인영의 입에서 나왔다.

"네놈은 또 누구더냐?"

"일종의 보험이라고 해두지."

짧은 대답과 함께 나타난 사내를 본 장문태성의 눈썹이 꿈틀거렸다.

"네 녀석… 분명 어디선가……."

"잠시 무림맹에 얼굴을 비추긴 했었소."

"모용세가의 모용 공자?"

기억났다.

한때 모용세가의 떠오르는 인물이 되어 무림맹의 출입이 잦았던 자 아니던가. 하지만 진가 사건 이후 돌연 몸을 감췄다는 소리를 들었는데…….

사성운의 뒤에서 나타난 자는 다름 아닌 모용비였다.

"설마 모용세가가?"

"마음대로 생각하시오."

말투에 싹수가 없다.

하나 분명 배짱만 두둑해 까부는 애송이는 아니었다.

장문태성은 범상치 않은 기운이 사내의 주변을 보호하고 있음을 눈치챘다.

사성운은 모용비에게 불편한 심기를 드러냈다.

"늦었군."

"처리해야 할 일이 있어서 말이오."

"그것이 무당을 무너뜨리는 것보다 중요한 일이었나? 자네가 늦은 탓에 우리 쪽 피해가 꽤 늘었어."

"물론 무당을 무너뜨리는 것보다 중요한 일이었기에 늦은 것이오."

"……"

딱딱하고 짧은 대답에 사성운은 고약스런 얼굴로 모용비를 돌아보았으나 그는 눈 하나 깜짝하지 않고 사성운과 마주했다.

"모산파의 차기 당주라 불리는 당신의 실력을 보고 싶으나 지금은 이곳을 나에게 맡기고 당신은 다른 볼일을 보았으면 하는데."

모용비의 말투는 묘했다.

부탁인 듯하면서도 거부할 수 없는 명령조였다.

"……"

"……"

모용비와 마주하고 말을 아끼던 사성운은 몇 번 입술을 달싹이다 이내 입을 닫았다. 묘한 그의 기운이 사성운을 왠지 모르게 주눅 들게 만들었기 때문이다.

"안 그래도 그러려던 참이었소."

뚜벅뚜벅―

몸을 돌려 나가려던 사성운이 문득 걸음을 멈췄다.

"당신에게 맡겨도 괜찮은 거겠지?"

"가능하니 이곳에 발붙이고 있는 거겠지."

사성운은 웃었다. 확실히 주눅 들게 하는 기운을 가진 자이지만 어찌 되었든 저자는 자신의 편이니 말이다.

"난 그럼 이만 남은 무당의 씨를 말리러 가야겠군."

사성운이 문밖으로 나서려는 찰나,

장문태성의 살기 어린 호통이 터졌다.

"네 이놈!!"

어느새 두 사람 앞으로 나선 장문태성.

그의 얼굴은 귀신같이 일그러져 있었다.

"보내줄 것 같으냐! 크헝―!"

노성을 지른 장문태성은 곧장 사성운을 향해 검을 내던졌다.

쉬이익!

캉―!!

재빨리 사성운 앞을 가로막은 모용비가 날아든 검을 쳐냈
다.

"상대를 자꾸 착각하는군."

"애송이 놈! 비켜라!!"

장문태성은 불같은 성격으로 유명했다.

스슥—

장문태성의 몸이 흐릿하게 사라졌다.

스팟—!

옷자락이 허공을 가르는 소리를 내더니 어느새 장문태성
이 모용비의 코앞까지 날아들었다.

'빠르다!'

그는 곧바로 공중에 떠 있는 검을 낚아채곤 모용비를 향해
강하게 휘둘렀다.

"하앗!!"

날카로운 예기에 놀란 모용비는 급히 몸을 뒤로 피했다.

그러나 장문태성은 쉽게 그를 놔주지 않았다.

"어딜!!"

촤좌작—!

장무태성은 그럴 줄 알았다는 듯 곧바로 뒤로 물러선 모용
비를 그림자처럼 쫓아 그의 가슴팍에 사정을 두지 않은 쌍장
을 박아 넣었다.

쩡—!!

촤악—!

쿵!

모용비는 그대로 삼 장을 밀려나 기둥에 강하게 부딪쳤다.

그의 몸 반 정도가 기둥에 박혀 버릴 정도의 강력한 일장이었다.

"태산!"

장문태성은 싸움에 가세하려던 장태산을 저지하고 소리쳤다.

"당장 사성운을 따라가서 놈의 숨통을 끊어 술법을 풀어야 할 것이다."

모용비에게 일장을 날리는 사이 사성운은 재빨리 장내를 빠져나갔다.

"하오나!!"

"저희도 장문인을 돕겠습니다!"

"저자는 이미 치명상을 입었다. 그러니 남은 것은 시강시를 조종하고 있는 사성운이다. 이런 시간에도 무당의 곳곳에서 시강시들이 날뛰고 있다. 일반 수련생들의 실력으론 무리다. 내 저 녀석을 처리하고 합류할 것이니 최대한 빨리 사성운이 숨지 못하도록 찾아내도록 하여라!"

"…예, 장문인의 명을 받듭니다! 우린 사성운의 사지를 찢

어발기러 간다!'

고개를 숙여 보인 장태산은 즉각 기세등등한 목소리로 교전을 끝낸 남은 제자들을 데리고 밖으로 나섰다. 모두가 나가고 모용비와 장문태성만이 남았다.

"젊은 나이에 호기를 부리고 천인공노할 일을 벌이다니 죽음으로 속죄하여라."

"속죄? 킥."

마지막 일격을 위해 다가서는 그를 보며 모용비는 웃었다.

"대명문이라 불리는 무당파의 장문인치곤 너무 쉽게 말을 내뱉는 경향이 있으시군."

"허, 기세도 좋구나. 이미 온몸의 기혈이 뒤틀……."

조롱 섞인 말을 내뱉으려던 장문태성은 곧 입을 닫았다.

그는 매서운 눈으로 자신을 향해 웃어 보이는 모용비를 노려보았다.

매서운 눈을 피하지 않으며 모용비는 서서히 기둥에 박힌 제 몸을 일으켜 세웠다.

"왜 그러시지? 예상과 너무 다르오?"

투두둑—

모용비는 아무렇지 않은 듯했다.

"……."

분명 피 한 바가지 토해놓고 서 있기조차 힘든 모습으로 있어야 하는데…….

"어찌 멀쩡하더냐?"

장문태성의 심중은 놀라움으로 가득 찼다.

한 방에 끝낼 작정으로 칠성 이상의 공력을 담았던 것인데, 혹 저 젊은 나이에 호신강기라도 몸에 두르고 있단 말인가?

촤륵—

믿을 수 없는 표정으로 자신이 날린 장력의 흔적을 바라보던 장문태성은 떨어진 옷가지 안에 번쩍이는 순백의 사슬 옷을 발견하고 놀라 자신도 모르게 외쳤다.

"그, 그것……?"

"아, 백림자수 말이군."

능청스런 모용비의 행동에 장문태성은 귓불까지 빨갛게 물들였다.

"그것은 분명 사흑련이 소림에서 훔쳐 낸 뒤 아무도 모르는 곳에…….”

"그랬었나? 백림자수의 지난 행보엔 관심이 없어서 말이오."

"그런 것이 어찌 네놈 손에 있단 말이냐?"

"사흑련에게서 내가 빼앗았소."

"빼앗다니? 말도 안 되는 소릴!!"

두어 번 목을 턴 모용비는 아무렇지도 않게 답했고, 장문태성은 소리쳤다.

"멋대로 생각해. 그리고 이제 경어를 쓰지 않겠다. 내가 곧 사흑련이니까."

"뭣이라?"

갑작스레 들어온 사내가 자신을 사흑련으로 지칭하다니 놀랄 노 자였다. 게다가 그는 모용세가의 사람이 아니었던 가? 그것은 곧 사흑련의 세력이 이미 모용세가까지 뻗어 있다는 것이기도 했다.

"그리고 무림맹에 있을 줄 알았던 천풍(天風)이 사실은 이곳에 있더군?"

"미친놈!"

"천의 무구는 서로의 공명이 이뤄지니 방해하는 자만 사라지면 찾는 건 그리 어렵지 않을 것이야."

그리고 이 습격이 단순한 마의 습격이 아니라는 것도 말이다.

"크하하!! 오냐!! 네놈이 백림자수 하나만 믿고 제법 까불었던 모양인데!"

쾅!

장문태성이 벼락 치듯 웃으며 모용비를 덮쳐갔다.

"유운장력(流雲掌力)!!"

"……!!"

슈아악—!

번개 같은 빛이 모용비를 덮쳤다.

모용비가 급히 몸을 피하자 아무도 없는 바닥에 장문태성
이 내려친 장력이 꽂혔다.

꽈광—!!

마치 벼락이 땅에 박혀 터지는 듯하다.

돌먼지가 흩날려 두 사람 사이의 시야를 어지럽힌다.

노기 가득한 장문태성의 쩌렁쩌렁한 목소리가 장내를 가
득 메웠다.

"도망치게 놔두지 않는다!"

"누가 도망친다 했소."

피우웅—! 팽!

한 가닥 소름 돋는 지풍이 장문태성의 귀 밑을 스쳐 지나갔
다.

"태, 태극신지(太極神指)! 네놈은 또 어디서 본 문의 지공
을……."

"전 장문인에게서 뺏어왔지."

장문태성의 얼굴이 굳었다.

"헛소리!"

킥—

또다시 모용비가 웃었다.

장문태성은 순간 주춤하며 내지르려던 발을 멈췄다.

사람을 내리깔아 보는 저 의미심장한 미소. 저 미소 뒤엔 분명 불길한 일이 일어난다는 것을 본능적으로 직감한 것이다.

'분명… 빼앗았다고 말했다.'

분명 전 장문인은 사흑련으로 돌아선 무당의 오점과도 같은 인물.

하나 그 또한 무당의 사람.

그것은 사흑련에 가담해 있는 또 다른 인물들의 문파 또한 마찬가지였다. 그런 이유로 사흑련과 무림맹은 간신히 아슬아슬한 관계를 유지할 수 있었다.

하지만 무공의 전수가 아닌 빼앗았다는 것은…….

"이놈은 말이오, 상대를 상처 입히는 것은 물론 상대가 가지고 있는 무공을 그대로 빼앗아오는 게 가능하오. 물론 무공을 빼앗긴 당사자는 빈껍데기만 남게 되는 약점이 있긴 하지만."

스르릉―

모용비는 허리춤에 차여 있는 검을 다시 한 번 꺼내 보였다.

검의 울림이 장내를 울린다.

"그거……."

처음 자신의 검을 튕겨냈을 땐 알아채지 못한 한기가 스멀거리며 피어오르는 것이 느껴지는 검이었다. 게다가 숨이 턱 막힐 듯한 위압감은…….

"귀검? 네놈 백림자수뿐만 아니라 귀검마저 손에 쥐고 있었더냐? 어찌 그 마물을……?"

모용비의 작은 중얼거림이 귀검에 닿았다.

"울어라, 귀검."

끼아아아아—!

그러자 진정으로 소름 돋는 소리로 귀검이 울어대기 시작했다. 마치 살아 있는 마물인 양 부르르 떨리던 귀검의 울림이 잦아들자 모용비는 놀라 굳어 있는 장문태성을 향해 말했다.

"이제 첫째 제자보다 자신의 안위를 걱정해야겠군, 장문태성."

*   *   *

다다닥!

산세가 수려해 향로 같은 봉우리들은 곳곳에 이미 시뻘건 불길이 타오르고 있었다. 그것은 가장 높은 곳, 무당의 장문인이 기거하고 있는 자소봉 또한 예외는 아니었다.

"제길, 한발 늦은 거 아냐!?"

시뻘건 불길을 구름 위로 내뿜고 있는 자소봉을 올려다보며 진백은 걱정스레 소월에게 물었다.

"아니, 무당파가 그리 쉽게 쓰러질 리 없어."

"그렇겠지? 그 장문태성이란 늙은이, 너한테 한 방 맞은 뒤론 귀신같이 계속 노려볼 정도로 고약하니까. 그리 쉽게 나자빠지진 않을 거야. 하지만 왜 갑자기 마교 새끼들, 이런 전면전을 펼치는 거지? 여태껏 음침하게 활동해 왔잖아. 왜 하필 지금이냐고."

"무언가 기폭제가 되는 일이 생겼을 거다. 그리고 이제 자소봉에 올라가 그걸 알아봐야겠지."

소월과 진백이 이곳에 급히 달려왔을 땐 이미 모든 것이 시작되어 있었다.

소월 또한 이 모든 것을 예상했다.

소예령과 백 총수의 만남 뒤로 여러 애기들을 조합해 보았을 때 분명 마교와 무림맹의 싸움에 사흑련이 끼어들었다는 것을 짐작할 수 있었다.

그것도 예전의 사흑련이 아닌, 사파라 불리는 온갖 수많은 문파를 단 삼 개월 안에 무력으로 흡수, 통일시킨 새로운 사흑련이 말이다.

사흑련을 이끌던 장로들은 변사체가 되어 길바닥에 내버

려졌다는 말을 금천관의 정보를 통해 소예령에게서 들었을 때 무림맹의 모두는 믿을 수 없다는 눈치였다.

다른 이들은 생각하지도 못할 것이지만 그 자리에 단 세 명만은 동일인물을 머릿속에 그렸다.

'모용비……'

그렇다, 이런 일을 터뜨릴 자는 모용비밖에 없다.

금천관은 분명 개방의 맥을 이어왔음으로 그곳의 누구보다 눈이 밝을 것이니 그들의 정보를 신뢰 못하는 것은 아니다. 하나 무림맹 또한 그에 뒤처지지 않는 정보망이 있었음에도 그런 중대한 사실을 몰랐다니.

소월은 이때쯤 무엇인가가 잘못되어 가고 있다는 것을 느꼈다.

날아온 주문중의 전서엔 여러 이야기가 쓰여 있었다. 지금 자신의 간략한 상태와 혈악귀도에게서 먼저 듣고야 말았던 자신의 출생이라든지, 돌아가는 중원의 형국이라든지, 모용비와 천의 무구, 그리고 사흑련의 행보에 관한 것들이었다.

어째서 그가 이 시기에 그런 전서를 날렸는진 짐작 가지 않았다.

소월은 자신을 소군주라 부른 혈악귀도의 이야기가 떠올랐다.

'소군주. 그래서 뭘 어쩌란 거지?

소월은 입가에 비웃음을 띠었다.

제 출생의 일을 알고 싶어하고, 그 무엇보다 중요하게 여기는 것이 대부분의 사람이 가지는 마음이다.

하나 소월은 그리하지 않았다.

자신이 신파의 주인공도 아니고 제 출생의 비밀을 알았다 하여 지금 이 상황이 풀리는 것이 아니었기 때문이다.

그저 지극히 소월 개인에 관한 일일 뿐이었다.

그리고 그는 그 지극히 개인적인 일에 관심을 두지 않았다.

또한 출생을 안들 무슨 소용이랴.

이제 그것을 원망할 상대조차 남아 있지 않거늘.

모두 부질없고 한심한 매달리기일 뿐이다.

자신의 목표가 있고 새로이 삶을 얻어 살아가고 있는 자신은 과거에 연연할 필요가 없는 것이다. 그러니 혈악귀도가 자신을 소군주라 불렀을 때도 덤덤하게, 그리고 매몰차게 내칠 수 있는 것이겠지만.

하지만 마지막 구절만큼은 그를 생각에 잠기게 만들기에 충분했다.

너희들 외에 그 누구도 믿지 마라. 그것이 설령 나의 오랜 벗인 무림맹주라 하더라도 말이다.

글씨가 삐뚤삐뚤한 것을 보아도 이 구절에 많은 생각을 담고 있었음이 분명했다. 무림맹주 주천련이 배신을 했다는 뜻인가? 그것이 사실이라면 어째서?

불현듯 잠잠했던 소월 속의 목소리가 그를 불렀다.

―크크, 혼란스럽냐?

“…….”

목소리는 그가 멸절심력을 쓰면 쓸수록 더욱 잦아지고 심해졌으며 또렷해졌다. 파황군 또한 계속되는 멸절심력의 운용으로 인해 이성을 잃고 괴물이 된 것일지도 모른다.

―아닌 척하지만 신경은 쓰이나 보군, 네가 파황군의 자식이란 것이. 아니면 네가 복수를 꿈꾸고 이리 되게 만든 집안과 모든 이들이 결국 가짜에 지나지 않다는 것이.

“닥쳐.”

“앙? 뭐?”

소월의 중얼거림에 반응을 보인 것은 진백이었다.

“아니, 너에게 그런 것 아니다.”

“그 귀신 놈이 자꾸 말 걸어?”

“…친한 것처럼 들리는군.”

진백은 있는 힘껏 소월을 향해 소리쳤다.

“야, 인마!! 나중에 말 걸어! 지금은 바쁘다고!!”

진백의 외침에 소월은 물론 같이 뛰던 태하까지도 놀라 걸음을 멈췄다. 갑작스런 침묵에 진백은 뻔뻔함으로 대응했다.

“…라고 전해주겠어?”

“…….”

“…알았다.”

―…….

“……!!”

“야, 방금 들었어?”

돌연 진백이 주변을 두리번거리며 물었다. 소월은 물론 태하 또한 그것을 느꼈다.

“들었다.”

저 숲 안쪽에서 들리는 병장기 부딪치는 소리와 기합 소리.

분명 싸움이 있다는 것을 알 수 있었다.

“자소봉에 올라가는 것이 먼저다.”

소월이 괘념치 않고 걸음을 재촉하려 하자 진백이 그를 붙잡았다.

“야, 하지만 이 기운, 으스스하지 않아?”

“확실히 이질적인 느낌이다.”

태하 또한 살짝 얼굴을 굳히곤 싸움이 일어나는 방향을 바라보았다.

"그럼 확인만 하도록 하지."

두 사람이 그리 말하니 한시 급히 자소봉에 올라서야 했지만 소월 또한 이 으스스한 기운의 정체를 알아둬야 할 필요가 있겠다고 생각했다.

"하앗!"

캉—!!

"뒤로 물러서라!!"

"사, 사형!!"

촤악—!

"으아악!"

"이런, 제기랄!"

"이놈, 용서치 않겠다!!"

병장기 소리는 물론이요 다급하고 노기 서린 외침이 여기저기서 터져 나온 싸움터로 들어선 세 사람은 무당의 제자 열댓 명이 맞서고 있는 것을 보았다.

"몰골이 왜 저래?"

이십여 명쯤 되었을까?

사람의 형상을 하곤 있었으나 면상은 뜯겨져 있고, 팔다리는 흉하게 휘어졌으며, 썩은 내를 풀풀 내고 있는 그 모습에 진백은 인상을 구겼다.

"크아아!"

“죽어, 이 자식들아!!”

퍽!!

그들은 검에 찔려도, 장력에 맞아 나가떨어져도 아무렇지 않은 듯 벌떡 일어나 무당의 제자들에게 달려들었다.

“이런, 제기랄!”

“크흐흐─”

그들의 이빨은 팔이 잘려도 개의치 않고 상대를 물어뜯었고.

“으악!”

길고 날카로운 손톱은 상대의 가슴팍을 찢어발겼다.

“시강시……”

조용히 그들을 바라보던 태하가 입술을 달싹였다.

“뭐? 시강시? 그 죽은 애들 꿰매서 억지로 살려낸 거 말이야? 그런 게 아직도 존재했어?”

진백이 눈치없이 크게 외치는 바람에 모든 이의 시선이 이쪽으로 집중되었다.

“응? 뭐? 그냥 신경 끄고 하던 싸움 계속하쇼.”

휘휘 손을 휘젓는 진백의 뻔뻔함에 모두들 벙 찐 표정을 지어 보였다. 그러나 모산의 첫째 제자인 사성운은 달랐다.

“닥쳐라, 이 시정잡배 놈아!”

“시정잡배? 너 지금 나한테 한 소리냐? 앙? 엉? 야, 저 새끼

하는 소리 들었지? 이 진백님한테 시정잡배란다. 우와! 비리비리해 보이는 새끼가 어디서! 야! 아오ㅡ! 야! 이리 와봐!"

"……."

갑작스레 일이 삼천포로 넘어가자 당황한 것은 무당도 사성운도 마찬가지였다.

날뛰던 시강시마저 잠잠해질 정도로 적잖이 당황했다.

'대체 뭔 놈의 새끼들인데 기척도 없이 여길…….'

사성운은 황당했다. 웬 얼굴도 모르는 것들이 갑자기 난입해서 일을 방해하더니 이젠 적반하장으로 손가락질하고 있지 않은가.

"야야, 알았어. 그럼 자존심은 됐고, 한번 움직여 봐라. 혹시 춤도 추게 할 수 있냐? 아니, 관두자. 저리 냄새나는 놈들이 추는 춤을 보러 누가 오겠냐."

"죽어봐야 정신 차리겠구나, 이놈!!"

"그래, 너. 네가 좀 맞아야 정신 차리겠네."

슈욱ㅡ!

진백은 다리를 일자로 쭉 뻗더니 발아래의 거대한 바윗덩어리를 내리찍었다.

꽈직ㅡ!!

내려쳐진 땅에 균열이 가고 돌무더기가 사방으로 튀었다.

쿠쿠쿵ㅡ!!

동시에 진백의 발밑에 있던 커다란 바윗덩어리가 흔적도
없이 사라져 버렸다.

진백은 열이 오를 대로 오른 듯싶었다.

소월은 분명 진백이 이 일에 끼어들면 자소봉에 올라가는
것이 꽤 늦춰질 거란 생각에 인상을 찌푸렸다.

"진백, 여기서 소비할 시간은 없어."

"빨리 끝내면 될 거 아냐. 저런 비리비리한 애는 한 방이
야, 한 방."

"위에서도 부딪칠 일은 많다."

소월이 뜻을 굽히지 않자 진백의 주둥이가 한 움큼 튀어나
왔다.

"쳇! 그럼 이 무당의 제자들은 내버려 둬? 아이고~ 미안합
니다! 우리가 자소봉에 급히 올라가야 해서. 딱 봐도 열세인
데다가 시간 더 끌면 다 죽을 거 같은 여러분을 두고 가야 하
는 무림의 비정함을 이해해 주십시오! 아이고~ 참고로."

척—!

"우리의 두목은 이놈입니다."

"……."

"……."

당당히 자신을 가리키는 진백의 손가락을 살며시 쥐며 소
월은 난감한 표정을 지었다.

때마침 태하가 앞으로 나섰다.

"여긴 내가 맡도록 하지."

태하가 먼저 앞으로 나서자 소월과 진백이 더욱 놀란 듯했다. 물론 그들 외에 다른 무당이나 사성운은 두 사람이 왜 이리 놀라는지 알 길이 없었다.

"야, 차라리 내가 남을 테니까 니네가 올라가라."

"가자, 진백."

"내가 남는다니까?"

진백의 말에 소월이 살짝 웃으며 돌아본다.

"누가 두목이라고 했지?"

"예, 예, 알겠습니다."

한숨지은 진백은 손짓으로 소월에게 올라가라는 표시를 한다. 체념한 것이다. 마지막으로 그는 뒤돌아 사성운에게 뒤끝 있는 한마디를 던졌다.

"그냥 생선 머리통처럼 텅! 하고 떨어져 버려라!"

사성운이 신경질적으로 뭐라 반박하려는 찰나, 조용히 무당의 제자들과 시강시 사이를 가로막은 태하가 검에 손을 얹고 나직한 목소리로 입을 열었다.

"와라."

第四十七章
있어,
걔는 상대도 안 되는 괴물이

劍帝 진소월

취리리릭―!!

귀검이 무섭게 회전하며 광채를 뿌려냈다.

그 광채가 기이하여 도저히 공격의 궤도를 읽을 수가 없었
다.

장문태성은 급히 몸을 피했다.

콰직―!!

촤아아―!

귀검이 휩쓸고 지나간 자리는 돌이든 철이든 할 것 없이 사
나운 맹수가 물어뜯은 자국이 생겼다.

저것이 어딜 보아 검이란 말인가.

"갈!!"

수십 마리의 늑대가 아가리를 벌린 것처럼 귀검은 장문태
성을 덮쳤다.

하앗!'

장문태성은 온 힘을 다해 검막을 펼쳐 날아드는 귀검을 막
아내려 했다.

드드드―

하나 귀검은 한차례 몸을 털어냈고,

슈아아악―!

동시에 차가운 빛이 번쩍이더니 그대로 장문태성이 펼쳐
낸 검막을 파괴하며 덮쳐왔다.

"억!!"

쾅―!!

다급한 외침과 함께 장문태성이 위에서 아래로 내리박혔
다.

쿠구궁―

홀의 벽은 대부분이 날아갔고, 그나마 몇 안 되는 기둥들이
부서져 내릴 때마다 지붕 또한 같이 무너져 내렸다.

"쿨럭!"

장문태성이 내뱉은 핏덩이가 바닥에 떨어졌다. 팔다리의

상처는 그리 깊지 않았지만 기혈이 뒤틀려 버려서인지 내력이 돌지 않았다.

"그래도 검 하나만 믿고 까부는 놈은 아니었구나."

확실히 귀검을 이리 휘둘러대면서 그 마성에 침식당하지 않은 것만으로도 상당한 인물이었다는 건 짐작했지만 저런 젊은 자가 이 정도로 대단할 줄은 장문태성으로선 상상조차 하지 못했다.

"젊은 자들의 시대인 것인가."

말꼬리를 흐리던 장문태성은 어금니를 꽉 깨물었다.

자신들의 시대엔 무엇이 있었는가. 혈쟁으로 무너진 무림과 문파를 재건한다는 명목하에 서로를 의심하고 경계했으며, 도전하기보다 안전하기를 더욱 갈구한 자신들의 세월에 비하면…….

이유가 어찌 되었든 뜻을 가지고 행동하는 그들은 얼마나 큰 그릇인가.

그는 무림맹에 들이닥쳐선 난데없이 무력 점거를 논하던 소월을 떠올렸다. 그 얼마나 확고한 신념과 기지인가. 그리고 그 인정하기조차 질투가 났던 당당함과 과감성.

'그래, 난 그 젊은이를 질투하고 있었는지도 모른다. 내가 그 시대에 누리지 못한 것을 누리고 또 개척하려는 자들을 보면서 말이지.'

"당신의 죽음은, 정파라 지칭하는 자들과 마교의 전면전을 알리는 신호탄이 될 것이다. 그리고 나는 너희 두 곳이 피 흘리며 처절하게 싸우다 지칠 때를 노려주지."

모용비의 입가가 실룩였다. 피하지 못한 채 멍하게 자신을 바라보는 화산의 장문인. 하지만 더 이상의 자만은 없었다. 천의 무구를 전부 제 손에 넣어 납득할 만한 힘을 얻겠다.

'그리고 우리를 이렇게 만들어 버린 썩은 무림을 깡그리 태워 버릴 것이다.'

"무당의 장문태성, 이제 역사의 한 명이 되시오."

모용비의 검이 그의 정수리 위로 들렸다.

먹이를 앞에 둔 짐승처럼 으르렁거리는 귀검이 내려쳐지려는 찰나,

"그러면 이쪽이 곤란하지!!"

콰직!

거대한 바윗덩어리가 모용비를 향해 빠르게 날아들었다.

쾅—!

날아든 바위를 부수자 그 뒤로 한 청년이 넉살 좋은 표정으로 그에게 손을 흔들며 다가왔다.

"여, 오랜만이야? 꽤 분위기가 험악해지긴 했지만, 나 기억하지?"

모용비는 가느다랗게 눈을 떴다.

분명 진가에서 본 주문중의 제자 중 하나다.

"…네 녀석."

"네 녀석이라니? 이 진백님을 앞으로 기억해야 할 거야."

엄지로 자신을 자랑스럽게 가리킨 진백의 모습에 모용비는 입꼬리를 올렸다.

"그래, 주문중의 제자가 이곳엔 무슨 일로 오셨나?"

"뻔한 거 아니겠어?"

진백은 모용비 앞에 주저앉아 있는 장문태성을 가리켰다.

"그 늙은이가 돌아가시면 안 되거든."

"늙은이가 아니라 무당의 장문인이시다."

진백의 늙은이란 단어를 정정한 소월이 진백의 뒤에서 나타났다.

'진소월, 결국 너와 난 다시 만나게 될 운명이었다.'

그를 본 모용비의 입가가 다시 한 번 실룩였다.

"……."

"……."

두 사람은 서로를 응시한 채 한동안 말을 하지 않았다.

먼저 입을 연 것은 딱딱한 말투의 모용비였다.

"멀리 있으면서도 살기가 여기까지 느껴지는군."

"알아채셨다니 다행입니다."

"누이에 대한 원망인가, 아니면 자네를 등 뒤에서 찔렀던 것에 대한 원망인가?"

"누이."

"그래, 자네는 그때 자신의 죽음은 각오한 바였지."

온몸을 화살로 찌르고 있는 듯한 지독한 살기가 온몸을 뒤덮고 있는 듯하다.

살기라면 살수로 길러진 자신이 가장 잘 알고 있었다.

저것은 필사적으로 참아내고 있는 살기가 새어 나오는 형국이다. 결국 저를 보는 소월의 분노가 엄청나다는 것을 알 수 있었다.

"하지만 말이네, 나 역시 네 누이에 대한 나름의 은혜는 갚아주었네. 내 방식대로 말이지."

누이의 이야기가 나오자 소월의 얼굴이 딱딱하게 굳었다.

"거기까지."

"진환륜의 식솔들을 조용히 땅에 묻어주었다네. 진환륜이 자네들에게 일찍이 하려는 것처럼 말이지. 다른 게 있다면 그는 실패해서 제 목을 스스로 죄어버렸고, 난 그럴 일 없이 깔끔히 처리했다는 것이고."

"더 이상 지껄이지 마."

소월의 눈초리가 매섭게 변했다.

모용비가 귀검을 고쳐 쥐며 물었다.

"지껄이면 어쩔 셈이지?"

“죽인다.”

츠즈즈즈즈—

“……!!”

순간 모용비는 자신의 몸이 갈기갈기 찢어지는 느낌을 받았다.

‘이건 완전히 다른 사람이로군.’

외형만 바뀐 것이 아니었다.

사람의 본질 자체가 바뀌어 나타난 소월의 모습에 모용비는 적잖이 긴장하고 있었다.

하나, 여기서 쉽사리 물러날 생각은 없다.

“우선 이 늙은이부터 죽이고 생각해 보도록 하지.”

“미친놈이! 날 뭐로 보는 거냐!”

장문태성은 자신을 둔 이 두 사람의 모욕적인 발언에 모이지 않는 내공을 억지로 끌어올려 노성과 함께 일장을 내질렀다.

킥—

하지만 장문태성의 일장을 모용비는 너무나도 쉽게 발로 맞받아 버렸다.

뜨득—

“크윽!”

“뭐로 보나 물었나?”

뜨드득—

모용비는 서서히 장문태성의 손을 내리눌러 그의 가슴을 짓밟았다.

"무능한 늙은이로 보고 있다."

피슝—!!

"……!!"

모용비는 재빨리 목을 뒤로 젖혔다.

그리곤 제 눈앞을 빠르게 지나가는 지풍을 보았다.

피흉!!

휘릭!

모용비는 급히 몸을 틀어 뒤로 물러섰다.

하마터면 그대로 관자놀이가 관통될 뻔했다.

"손속에 사정이 없군."

모용비는 소월을 매섭게 노려보았다.

"당신이니까."

그 또한 모용비에게서 눈을 떼지 않았다.

소월이 양손을 기이한 모양으로 교차시키자 손 안에 검은 기운이 미친 듯 회오리치기 시작했다.

"멸절기폭장."

스사아아아—

자신을 짓누르는 압박감에 모용비는 몸을 떨었다.

백림자수를 입었다 한들 저걸 고스란히 맞았다간 무사하지 못하리라는 걸 짐작한 것이다.

'이 무슨 말도 안 되는 압박감인가!!'

모용비는 압박을 이겨내려는 듯 커다란 기합을 내질렀다.

"하앗!

파앙―

그의 몸에서 뼛속까지 동결시킬 듯한 한기가 터졌다.

백림자수가 작게 떨렸다.

키이이이이!!

상대의 압박감에 홍분한 탓인지 미친 듯 울어대는 귀검의 손잡이를 꽉 움켜쥐었다.

"……."

"……."

두 사람이 서로를 향해 살초를 펼치려는 찰나, 카랑카랑한 목소리가 끼어들었다.

"천풍선은 회수했습니다."

소월은 귀를 세웠다.

음산한 목소리는 예전에도 들은 적이 있는 것이었다.

"비악선려님께서 천풍선 회수 도중 부상을 당하셨습니다."

"혈성, 너 역시 그리 좋은 상태는 아니로구나."

“…그보다……..”

어두운 그림자에서 솟아나듯 한 인영이 나타나 모용비 뒤로 조심스레 붙었다. 그는 귓속말로 무언가를 전했고, 얘기를 듣던 모용비의 표정이 급작스럽게 굳었다.

“그래, 그런가.”

작게 중얼거린 모용비는 조심스레 한발 뒤로 물러서며 들었던 귀검을 검집에 꽂아 넣었다.

“오늘은 이만 해야 할 것 같네.”

슈웅—

소월 또한 뿜어내던 검은 기운을 품 안에 갈무리했다.

하나 장문태성을 살펴보던 진백은 똥 씹은 표정으로 모용비를 보내려 하지 않았다.

“누가 보낸대, 씨벌 놈아. 집안을 풍비박산 내놓고. 게다가 노인까지 이 꼴로 만들어놓고 아무렇지도 않게 내빼?”

위압 가득한 말이었으나 모용비는 별 대수롭지 않은 듯 흘려 대답했다.

“자네가 낄 자리가 아닌 것 같군.”

“뭐?”

성큼성큼 앞으로 나서려는 진백을 소월이 잡았다.

“진백, 섣불리 움직이지 않는 편이 좋을 것 같다. 천의 무구를 전부 모았으니까. 게다가 방금 보인 그 냉한 기운은……."

"뭐야? 지금 나 걱정하는 거냐?"

"아니. 지금은 더 중요한 것이 있다는 거다."

모용비가 입꼬리를 올렸다.

"역시나 예전처럼 머리 하나는 잘 돌아가는군. 좋아, 자네
와 내 목적이 우선은 똑같기 때문에 말해주지."

"내가 당신을 가도록 내버려 둘 수 있을 정도의 이야기였
으면 좋겠군."

"글쎄, 판단은 자네가 하는 것이지만, 아마 그리 될 것 같
군. 빨리 무림맹으로 달려가는 것이 좋을 걸세. 무림맹에 마
교의 대대적인 공격이 있을 듯하니 말이야."

그 말에 대답한 건 장문태성이었다. 그는 입가에 흐르는 피
를 닦아내지도 않은 채 비웃듯 말을 이었다.

"흥, 그리 쉽게 무림맹이 길을 터줄 것 같나?"

장문태성의 이죽임에도 모용비는 미소를 잃지 않았다.

되레 독설을 독설로 맞받았다.

"지금 꼬라지라면 그렇다 해도 놀라울 것은 없지. 그 잘난
무당도 이리 쉽게 무너지지 않았는가."

"네 녀석이! 쿨럭!"

침중한 신음 소리가 새어 나왔다.

소월은 잡아먹을 듯 모용비를 노려보고 있었다.

한참 입술을 달싹이던 소월이 무겁게 한마디 내었다.

"목적을 취했다면 이만 조용히 물러나시오. 더 이상 일을 크게 벌이지 말고."

"물론 그럴 생각이네. 알잖나. 나는 쓸데없는 피를 흘리지 않는 사람이란 걸."

"아주 잘 알고 있지요."

"그럼 이만. 다음에 만날 땐 좀 더 재미있을 것이네."

모용비는 혈성과 함께 그림자 속으로 사라지듯 자취를 감췄다. 진백은 분이 풀리지 않은 얼굴이었지만 소월의 생각에 잠긴 얼굴을 보곤 입맛을 다시며 쓰러져 있는 장문태성을 들쳐 멨다.

"뭐 하는 짓이냐."

"그럼 피를 철철 흘리고 앉아 있는데 이대로 있을 셈이오?"

진백의 만류에도 장문태성은 몸을 움직이려 애썼다. 그의 고집스런 말이 터졌다.

"놔라, 이놈아! 아직 제자 놈들이 오지 않았다. 아이들을 찾아가야 한다."

"뭐? 혹시 산허리서 그 재수없는 모산파 새끼한테 농락당하던 애들?"

"무, 뭐라 했느냐, 이놈!"

"아, 그거라면 걱정 붙들어 매쇼."

"……?"

"그 모산파 놈, 이미 생선 대가리 꼴일 테니까."

"와라."

같은 시각.

태하는 여전히 무당의 제자들과 모산의 사성운 사이에 자리하고 있었다. 그 기세가 매우 날카롭기에 베일까 두려워 누구 하나 앞으로 나서지 못하고 쭈뼛거릴 뿐이었다.

사성운이 빽 소리를 질렀다.

"이, 이놈이 우리 모산을 뭐로 보고!! 무당의 늙은이를 위해 준비한 녀석이지만 특별히 불러내 주마!"

탁! 탁! 탁!

스스슥—

사성운이 급히 인을 맺자 어두움 그림자 속에서 꽤나 구색이 갖춰져 보이는 시강시 한 마리가 튀어나왔다.

"모, 모 숙부!!"

그것을 본 무당의 제자들이 혼비백산한 얼굴로 외쳤다.

"어르신!!"

"네 녀석 감히! 모중설 어르신을!"

흡족한 미소로 시강시 뒤로 물러선 사성운이 외쳤다.

“어떠냐!! 장문태성과 장문인을 두고 겨룰 정도의 녀석인 모중설이다. 특별한 시강시 제조법으로 그때보다 서너 배는 더 강해졌을 거다. 이제 장문태성 따윈 식은 죽 먹기로 때려눕힐 수 있단 거지!”

“……”

확실히 외관부터 또렷해 보이는 것이 죽은 자라기보단 정교한 인형 같은 무표정함을 담고 있었다.

“조, 조심하시오. 모중설 어르신의 실력은……!”

“무, 무리야! 당장 돌아가 장문인에게 이 사실을 알려야…….”

“다, 당신, 우리도 가세하겠소! 혼자선 절대 무리오!”

“…이 앞으로 나서는 자.”

그들의 호들갑을 태하는 단 한 마디로 일축시켜 버렸다.

“벨 것이다.”

“……!”

“……?”

그 한마디에 모두가 땅 위에 얼어붙은 것처럼 한 걸음도 내밀지 못했다. 그가 아직 무엇을 보여준 것도 아니다. 그저 검 위에 손을 얹어놓았을 뿐이다.

그럼에도 제 몸이 제 몸이 아닌 듯 그들의 다리는 움직이지 않았다.

그 두려움은 태하와 마주하고 있는 사성운이 가장 잘 알고 있었다.

"그, 그래도 맞서겠다 이거지? 오, 오냐! 오늘 무당의 녀석들만 쓸어버리려 했으나 맘이 바뀌었다!! 오늘부로 우리 모산의 이름이 천하에 떨쳐질 것이다!"

최대한 위압적으로, 그리고 기세를 높여 외쳐 보지만 불안함을 떨칠 길이 없었다.

태하가 나직이 물었다.

"필요할 때 언제든지 부를 수 있는 건가?"

"죽을 놈이 뭘 알고 싶어 그러느냐!"

분명 데려온 시강시는 현 시점에서 가장 최상이라고 할 정도의 것이었다. 무당의 장문인조차도 일격에 날려 버릴지도 모를 무시무시한 시강시를 불러낸 마당에도 사성운은 전신을 옭아매는 눈앞의 남자에게서 두려움을 느꼈다.

"죽어!!"

투툭—!

사성운의 손가락을 움직이자,

"크아아아!!"

인형 같은 외형의 시강시의 입에서 괴성이 터져 나왔다.

콰직—!!

동시에 재빠른 동작으로 바닥을 차고 태하에게 날아들었다.

턱—

분명 웬만한 고수는 반응도 하기 전에 머리가 두 쪽이 나버릴 만한 가공한 빠르기였다. 하나 그 잘난 시강시가 달려들기엔 상대가 너무나도 나빴다.

스스스—

태하의 검에 새겨진 삼족오의 날개가 붉게 변했다.

팅—!

검날을 손가락으로 쳐올리는 맑은 쇳소리가 났다.

"크아아아!!"

그리고 울부짖으며 달려드는 시강시 가슴으로 매서운 바람 소리가 지나갔다.

스아악—!

팅—

다시 한 번 검이 닿히는 맑은 쇳소리가 끝이었다.

"무……."

"이런… 말도 안……."

쿵—!

모두가 뭐라 반응을 내보이기도 전에 태하에게 달려들던, 모중설로 만들어진 시강시의 몸뚱이는 반듯하게 잘려 바닥에 처박혔다.

"하, 하하, 하하하……."

바닥에 처박힌 시강시를 바라보는 사성운의 표정이 급작스레 어두워졌다. 손가락을 까딱여 보지만 시강시는 움찔거림없이 그대로 썩은 물이 되어 바닥을 적셨다.

그의 귓가에 태하의 나직한 목소리가 들렸다.

"묻겠다. 너희는 죽은 자를 저런 모습이 아닌 예전의 모습으로 살려낼 수 있는가? 아니면 그렇게 할 수 있는 자를 알고 있는가?"

"히이익!"

사성운이 겁에 질린 표정으로 급히 뒤로 물러섰다.

귀신이다! 놈은 귀신이다!

'귀신이 아니고서야 어찌 저런 일을 한단 말인가? 검을 꺼내긴 꺼낸 것인가? 아니, 무슨 술수를 썼기에 어찌 이렇게? 이것은 환영인가? 그래! 저놈은 환영을 쓰는 녀석이다!'

"크, 크하하!! 어디서 같잖은 환영술로 나를 현혹시키려 하느냐? 그래, 말해주마! 이놈들에게 자아 따윈 사치다!"

"그런가."

사성운의 외침에 무당의 제자들까지 혼이 나간 표정으로 제 볼을 꼬집어보거나 따귀를 내려칠 정로도 모든 이의 넋을 빼버렸다.

그 정도로 지금 태하의 존재는 이질적이었다.

"이 까짓 거!"

이어 사성운은 품에서 단검을 꺼내 제 허벅지에 내리꽂았
다.

푹!―

"큭, 이렇게 아픔을 주어 정신을… 크아!"

푹―!

"크아아! 아프다!"

푹―!

"아파! 풀리지 않아? 어째서?"

푹―!

"너 이 자식, 대체 무슨? 아무리 환술이 강해도 이 정도는!"

사성운은 아무리 허벅지를 붉게 만들어도 환영에서 깨어
나지 않았다.

"베겠다."

팅―!

그것이 모산파의 차기 문주의 자리를 꿰찰 것이라 불렸던,
그리고 무당을 기습해 쑥대밭으로 만든 시강시들을 조종한
사성운의 너무나도 허무한 마지막이었다.

쿠웅―

땅으로 떨어진 사성운의 모가지는 제 몸뚱이에서 떨어진
것도 모른 채 마지막 한마디를 흘렸다.

"말도 안 돼……."

“그게 무슨 소리냐?”

진백의 말에 장문태성이 물었다.

“아, 그러니까 이미 사성 그 어쩌구 하는 음침한 놈의 모가지는 지금쯤 생선 대가리처럼 툭 떨어져 있을 거라니까.”

“누가 그럴 수 있단 말이냐!!”

“있어, 걔는 상대도 안 되는 괴물이.”

딱 잘라 대답한 진백은 장문태성을 그나마 깨끗한 자리에 눕혔다. 어느새 두 사람에게 다가온 소월에게 진백이 장문태성의 맥을 짚으며 물었다.

“괜찮으십니까?”

“이게 무슨 일인가?”

“보시는 대로입니다. 사흑련에서 무당을 이리 만들었고, 저희가 왔습니다. 천풍선은 빼앗겼고, 그들은 이제 물러났습니다.”

“…씨부랄.”

장문태성 또한 한 성질 하는 사람이다.

“자네 또한 분명 무림맹을 힘으로 쥐려 했는데, 이제 와 이러는 이유가 뭔가? 마음이라도 돌릴 생각으로 온 겐가? 늦었네. 보시다시피 우리 무당은 이제 명맥만 간신히 유지할 것 같군. 내 앞서간 조부님들을 볼 면목이… 아니, 아니로군.”

그의 두 눈은 붉게 물들었다.

"그래야만 알 수 있었습니다."

"무엇을 말인가?"

"맹목적인 힘의 논리에 자신의 소신이 있는 분들인지 아닌
지를 말입니다. 게다가 죄송하지만 저에게 강하게 반대하시
는 분들 중에 배신자가 있을 것이라 생각했습니다. 일종의 목
석 가리기라고 해야 할까요?"

"배신자가 있다니, 우리를 무엇으로 보고."

"옥죄이는 것입니다. 편을 갈라놓으면 배신자는 분명 어느
한쪽으로 기울어야 하고, 자신과 다른 쪽 편을 이간질시키거
나, 제삼자나 아니면 제 힘으로 처리해야 하는 상황에 언젠간
놓이게 되니 말입니다. 물론 희생을 막을 수 없는 일이나 그
희생을 최소한으로 하기 위해 이렇게 이상한 조짐이 있는 곳
들을 둘러보던 차였지요."

"내가 그때 가장 불같이 화를 내긴 했지."

"그래서 제가 직접 이곳을 주시하고 있었습니다. 어찌 된
상황인지 상황은 반대가 되어 무당이 화를 당했지만 말입니
다."

장문태성의 입가에 의미 모를 미소가 그려졌다.

"네 녀석, 그때 느꼈지만 정말 고약스러운 성격이로군."

"그런 소리 많이 듣습니다."

소월 또한 웃었다.

"칭찬과 격려가 늘 능사는 아니야. 가끔은 엄한 매를 들어야 할 때도 있지."

"동감입니다."

장문태성은 이미 자신이 뜻하는 바를 이해한 것 같았다. 그의 미소와 그가 잡아두던 혈맥들을 풀어 제 기운을 받아들인다는 것이 바로 신뢰의 뜻이었으니까.

'신뢰라……'

장문태성을 치료하던 소월은 자신이 깨어나 몸을 요양하던 오두막에서 주문중과 은밀히 나눴던 대화를 떠올렸다.

*   *   *

끼익—

그날은 유난히도 밤이 길었고 조용했던 날.

주문중이 늦은 밤 소월을 찾은 것은 이례적인 일이었다.

"몸은 좀 어떠하냐?"

"소소가 도와주어 많이 괜찮아졌습니다."

"여린 아이지. 상처 주지 말도록 해라."

"……"

자신을 물끄러미 바라보는 소월을 보자 주문중이 의아한

듯 물었다.

"왜 그러느냐?"

"아니, 제가 알던 스승님과는 꽤 다른 분이신 것 같아 그렇습니다."

"후후… 별 시답지 않은 농을 다 하는구나. 사람은 얼굴이 다가 아니다."

"죄송합니다. 오해는 하지 않으셨으면 합니다."

주문중은 조용히 의자에 앉았다. 탁자에 올려 있는 등불이 미약하게 흔들렸다.

주문중은 조금은 무거운 음색으로 입을 열었다.

"그때 못했던 혈쟁에 대한 나머지 이야기를 하러 왔다."

"그때 하지 못하신 이야기라면……."

"혈쟁의 진정한 진실과 너에 관한 일이다."

"……."

소월은 입을 닫았다.

"예전에 말해준 것들을 기억하고 있느냐?"

"예,"

살짝 입술을 달싹이던 주문중의 미간이 모였다.

골똘히 생각에 잠긴 것이다.

이내 결심한 듯 주문중은 천천히 입을 열었다.

"다른 이들 또한… 이라고 혈쟁을 그리 알고 있다. 틀린 말은 아니지. 하나 그것은 단순한 껍데기. 이제부터 무엇이 진실인지 알려주마."

"이 얘기를 하시는 이유가 무엇인지 알아도 되겠습니까."

"넌 이 사실을 알아야 할 의무가 있고, 자격이 있기 때문이다."

"…그럼 듣겠습니다."

소월은 귀를 열었다.

주문중이 어떤 얘기를 해도 지금의 자신은 모든 것을 받아들일 수 있었으니까.

"긴 이야기가 될 것이다. 하나하나 빼놓지 말고 듣거라. 그리고 생각하여 스스로 결정하여라."

"예, 준비되었습니다."

자신은 변했다.

확실히 유약하고 누군가에게 휘둘릴 정도로 방향을 잡지 못했던 그때와는 완전히 달라졌다. 그 기간이 너무나 빨랐고 계기마저도 너무나 갑작스러워 본인 스스로도 놀랄 정도였지만 지금에 와서는 그것 또한 이해 못할 것이 아닐 정도로 스스로 성장한 것이다.

"…우선 마교는 예전부터 이어져 오던 그런 존재가 아니다."

"존재가 아니라는 것은… 설마……."

“그래, 예전부터 이어져 온 곳이 아닌 필요에 의해 만들어
진 집단이란 것이다.”

“어째서입니까?”

눈을 감은 채 작게 숨 고른 주문중이 말을 이었다.

“그때의 무림엔 마교라는 존재가 필요했기 때문이다.”

“필요했기 때문에?”

“그렇다. 언제인지는 정확히 거론되어 있지 않으나 백여
년은 훌쩍 넘겼을 것이다. 무림은 지금보다 더 심하게 앓고
있었고 이와 똑같은 일들이 되풀이되고 있다는 것을 알았다.
내 젊었을 적 우리가 맞이했던 혈쟁이 예전 짐작조차 못할 그
시기부터 있어왔다는 것이다.”

“혈쟁이 계속 이어져 온 것이란 말입니까?”

“그렇다. 그것도 인위적인 목적으로 일어난 것이다.”

인위적으로 일어났다는 대목에선 소월은 스스로의 귀를
의심해야 했다.

“분명 그때도 그대로 가다간 무림은 제 스스로 무너져 내
릴 위기에 처해있었겠지. 그런 무림을 다잡고 공존하기 위해
필요한 것이 무엇인 것 같으냐?”

“……”

“공통된 목적입니다.”

“그렇다.”

이쯤 되면 이어질 이야기가 무엇인지 추측하는 것은 어렵
지 않았다.

"좀 더 의미를 부여하고 목적을 뚜렷하게 말하자면, 공동
의 의지가 모일 수 있는 적(敵)을 만드는 것이지."

소월은 짧은 침묵 뒤 무거운 목소리로 입을 열었다.

"그래서 마교를 만들어냈다는 것입니까."

"그래. 마교는 존재하지 않던 망령에서 무림인들이 스스로
살아남기 위해 만들어낸 존재란 것이다."

놀랄 노 자였다.

하나, 이어진 주문중의 이야기는 그것마저도 잊게 만들 정
도로 거대했다.

"이쯤에서 네 할아비의 얘기를 해줘야겠구나."

"파황군… 말씀이십니까?"

소월의 되물음에 주문중의 눈동자가 흔들렸다.

"그것을 어찌……."

"누이를 만나러 간 곳에 마교의 교주에게 습격을 받던 소
예령 아가씨와 만났습니다. 그곳에서 마교의 교주 중 하나가
저를 보고 핏줄 운운하더군요. 교주가 그분이라 높이는 자는
마교에서 단 한 명뿐이겠지요."

"그래. 네 예상대로다. 네가 어디까지 알고 있는진 모르나
너는 그를 나쁘게 생각해선 안 된다."

“애초에 별 관심이 없습니다.”

“…오히려 그게 나을지도 모르겠군.”

소월의 덤덤한 반응에 주문중은 쓰게 웃었다.

“계속 얘기하도록 하지. 네 할아비는 그 마교의 수장 노릇을 하며 다시 한 번 붕괴될 무림을 구한 자이기도 하다.”

“……”

“물론 이 일을 알고 있는 건 나와 주천련, 그리고 제갈성뿐이었지. 아니, 소림의 전륜 대사도 알고 있지만 그분은 이미 폐관 수행으로 무림 일에 일체 손을 내밀지 않기로 약조했으니 제외하고. 구대문파 또한 안으로 밖으로 썩어 있는 상태라 극도의 비밀을 유지해야 했다.”

마교의 수장이 무림을 구했다는 소리는 소월에겐 커다란 충격을 주진 않았다. 그가 처음부터 무림의 정사에 관여한 인물이었다면 놀라 자빠질 비밀이었을 테지만 말이다.

다만 자신의 할아버지라 하는 파황군이 지금 무림에서 어떤 이로 불리는지 알고 있는 그가 보기엔 파황군의 운명이 너무나도 안쓰럽다 느꼈다.

“우선 사파로 분류된 악인들을 끌어 모아 마교를 만든다. 개중엔 정의감에 불타고 무림이 이리 된 것에 대한 책임을 지려는 자들도 섞여 있었지. 뭐, 지금은 그리 큰 의미가 없지만, 파황군이 진실을 안고 죽어갔고 많은 이들이 혈쟁으로 인해 죽어버려 이젠 그 의미가 사라진 망령이었던 진정한 마교로 거듭나 지금의 모습이 되었으니까."

"어찌하여 스승님과 그분들은 그런 일을 하신 겁니까?"

"파황군과 우정을 나눴기 때문이다."

주문중은 다시 한 번 쓰게 웃었다. 마치 예전 그들 모두가 있던 무림을 회상하는 듯하여 소월은 조용히 그가 다음 말을 할 때까지 아무런 방해도 하지 않았다.

잠시 생각에 잠겼던 주문중이 눈을 떴다.

"물은 고여 있는 시간이 길면 길수록 썩어들어 가게 되는 것. 당시 무림에 적이 없던 자, 하지만 혈통만을 앞세우고 배부름에 취해 있던 구대문파와 오대세가가 그를 받아줄 리 만무했다. 단지 자신을 받아주지 않아서 그런 것이 아니다. 자신들이 아니면 배척해야 한다는 그 사상이 퍼지면서 분쟁으로 인해 많은 이들이 희생되어 갔다. 그 규모 또한 점점 거대해져 갔지. 그럴 때, 백여 년도 훨씬 전, 무림 다잡기에 대한 진실을 알게 된 파황군은 이번엔 자신 스스로가 공동의 적이 되는 길을 선택한 것이다. 그 초석이 바로 멸의 비급이지."

"멸의 비급을 파황군이 창시한 것이 아니군요."

"그렇지. 백여 년… 아니, 그전부터 내려온 혈쟁의 열쇠로써 쓰였을 거다. 실상 어떤 의도로 만들어졌는지도 모르지. 다만 인간이 제 쓰고 싶은 대로 쓰고 의미를 부여한 건지도 모르고."

  "파황군이 익힌 멸의 비급의 힘은 실로 대단했다. 두려울 것이 없었지. 그 누구도 파황군의 일초를 받아내지 못할 정도로 말이야. 하나 우리는 시간이 지나고서 나서야 뒤늦게 후회하고 말았다."

  "주화입마."

  "그렇다. 알고 있겠지만 멸의 비급에 들어 있는 그 귀신은 아마 네 또 다른 자아일 것이다. 파황군 또한 정신이 가끔 오락가락하는 것 같았으니 말이야. 처음엔 그 역시 정신을 다잡았지만 멸의 비급은 그를 붕괴시켰다. 결국 그는 반 미치광이가 되어 전 무림과 싸우게 되었다."

  또 다른 자아라는 말에 소월은 얼굴을 굳혔다. 자신의 또 다른 자아가 이리 건방지고 불쾌한 녀석일 줄이야.

  내보이지 못한 욕망 덩어리가 제 안에서 자랐던 것 같다.

  '나란 녀석, 꽤나 음침했군.'

  물론 앞서 누이의 죽음으로 많은 변화를 가지게 된 소월은 제 마음을 잘 다스리게 되었으나 분명 또다시 자신이 흔들린다면 그 목소리는 제 몸을 지배하려 들 것이다.

  "뭐, 그가 원했던 절대 악이 되는 목적은 달성했으니 나쁘진 않은 선택이었다고 해야 하나. 어찌 되었든 주화입마에 빠져 자신을 제어할 수 없는 파황군과 마교는 그런 그를 따르며 순수한 악으로 변모했다. 그 결과, 무림 전체는 만신창이가 되었다. 그가 마지막에 제정신을 다잡고 내력을 제 딸에게 넘겨 스스로 목숨을 내던지지 않았다면 그때의 싸움이 어찌 되었을지는 아무도 모를 것이야. 그 싸움이 끝나고 나서 가공할 위력의 멸의 비급은 사람들의 입에 오르내렸다.”

잠시 말을 끊은 주문중이 자리에서 일어섰다.

“흠, 얘기가 길었군. 잠시 쉬도록 하지.”

“예.”

오두막을 나섰던 주문중은 반 시진 정도를 나가 있다 김이 모락모락 올라오는 찻잔 두 개를 들고 들어섰다.

“몸에 좋은 거다.”

“감사합니다.”

차를 받아 든 소월은 조심스레 입가를 축였다. 소월은 앞에서 차향을 맡는 주문중을 슬쩍 바라봤다.

오늘 따라 그의 분위기가 유해 보인다. 옛이야기에 그의 감정이 복받쳐 올라 그런 것일까. 살짝 목을 축인 주문중이 말을 이었다.

“어디까지 이야기했지? 흠, 그래, 결국 파황군은 쓰러졌다. 나와 진실을 아는 친구들은 울었다. 젊었다. 그래, 우리는 젊었어. 그런 대의를 품에 안고 실현하기엔 너무나 여린 젊은이들이었다. 하지만 참았다. 쓰러진 그를 난도질하는 무림인들을 보면서도 이를 악물고 참았다. 그래야만 그의 의지가 남아 그가 바라는 세상이 올 것이니까."

그때가 생각이라도 난 듯 찻잔을 잡은 주문중의 손이 작게 떨렸다. 소월 또한 그에게서 느껴지는 슬픔에 손에 든 찻잔을 조용히 내려놓았다.

"그러나 파황군이 죽고 나서 모두가 힘을 합해 무림을 일으킬 것이라는 생각은 젊은이들만의 치기였다. 우리가 생각했던 이상향들은 전혀 엉뚱한 방향으로 흘러갔다. 백여 년 전의 사람들과 지금 이들은 가치관이 너무나도 달랐던 것이다."

변하는 것은 강산뿐만이 아니다.

십 년에 걸쳐 강산이 변한다면 사람은 하루에도 수십 번, 수백 번 변했다.

"우리의 실수였지. 파황군과 가장 절친했던 벗인 주천련은 결국 파황군의 이 개 같은 죽음에 분노하고 다시 한 번 무림을 다잡길 원했다. 나 역시 그 의견에 반대하진 않았다. 하지만……."

"하지만?"

"네 또 다른 할아비인 제갈성은 그것에 반대했다. 그리고 그는 우리가 숨겨두었던 멸의 비급을 제 모든 내력을 소진해 봉인하는 데 성공했다. 게다가 그것으로 안심이 되지 않았는지 파황군의 손자인 네가 태어나기 전 제갈성은 뱃속의 너에게 몹쓸 짓을 하고 말았다."

소월의 표정이 굳었다.

"…저는 태어날 때부터 그런 것이 아니었습니까."

"그렇다. 나와 주가가 태어난 너를 데리고 다시 한 번 파황군의 뒤를 잇게 만들려 한 걸 알았던 그가 손을 쓴 거다."

"제 삶은… 그 하나만으로 완전히 다르게 되었습니다."

"미안하게 생각하고 있다. 하나 이 이야기를 듣기 전까지 넌 늘 충실한 삶을 살고 있었다. 네가 살아온 인생을 부정하지도 않았지. 오히려 굳건히 잘 견디고 받아들이며 살아왔다. 이제 와 진실을 알고 나서 생기는 분노는 누구에게 보내는 분노더냐. 네 할아버지인 제갈성이더냐, 아니면 네 아비더냐? 그것도 아니라면 친할아버지인 파황군이더냐?"

"…이런 상황을 만들어낸 무림 그 자체입니다."

커다란 대답이었다.

"명언이로다."

소월의 대답에 주문중은 흡족한 미소를 내보였다.

소월은 강하다. 그의 나이로서는 전혀 경험할 수 없는 일들이 그를 강하게, 그리고 단단하게 만들었을 것이다. 그는 강직했고 누구보다 원망의 화살을 사람에게 돌리지 않았다.

"그래, 그래서 그날 진가에서 널 선택한 것이다. 나 또한 마찬가지였으니까. 나는 진절머리 나는 일에서 손을 떼버리고 사흑련으로 들어가 버렸다. 딱히 복수나 이를 간 것은 아니지만 차라리 솔직한 사흑련이 나았으니까. 반면 주천련은 무림의 맹주가 되어 정파인들의 분노를 잡아두었다.”

“…….”

“그러고 보면 네 아비도 네 어미도 참 대단했지. 자식에게 장애를 준다는 것은 무엇보다도 마음이 아팠을 테니까. 태어난 네가 그리 된 것을 보고 네 아비와 어미, 그리고 제갈성의 설득으로 나와 주가는 더 이상의 혈쟁은 없을 거라 맹세했다. 네 어미에 대해서는 알고 있느냐?”

“…모릅니다.”

“강직한 아이였다. 다만 파황군이 가졌던 멸의 비급과 내력을 받은 그녀에겐 많은 부담이 있었다. 결국 너를 낳고 쇠약한 몸으로 명을 다했다.”

“제자, 묻고 싶은 것이 있습니다.”

“무엇이더냐?”

“혈쟁의 진실을 알고 있었음에도, 슬픔을 참아가며 노력을 했음에도, 그 결과가 잘못되었음에도 어찌 사람들에게 알리지 아니하고 침묵하셨습니까?”

맞는 말이었다. 그리고 어떤 말을 해도 변명이 될 물음이었다. 주문중은 한숨과 긍정이 뒤엉킨 말로 답을 보냈다.

“결국 사람이 하는 일에는 억지와 모순이 있게 마련. 분노와 치기만으로 그것을 돌아보지 못한 우리의 잘못이 만들어낸 비극이었다. 사흑련 또한 내가 진실을 감추었기에 태어난 안타까운 자들이지. 그리고 사실을 말했다 한들 우리가 그들을 기만한 것은 변하지 않아.”

또한 그 진실을 털어냄으로써 내보일 수 있는 사실들 또한 이어 말할 수 있었다.

“크크크, 웃기지 않느냐. 그런데 지금은 이것 또한 이기적이었으려나 싶다. 우리 둘은 각자의 길로 찾아가고 남은 제갈성은 진실을 공표하려 했다. 우리도 시도하지 않은 것은 아니야. 하지만 이미 많은 이들이 죽이고 죽임당함으로써 풀 수 있는 시간이 지나 버렸다. 바로잡기엔 늦었다는 것이지. 무엇보다 표면적으로 알려진 혈쟁 또한 사실 중 하나다. 혼란 속에 비급의 독식을 위한 싸움, 세력의 정비, 신생 문파들의 이권 다툼, 더욱 커다란 벽을 쌓아버린 명문정파들까지. 이들이 우리의 말을 귀담아듣지 않으리란 것은 이미 예견되어 있었는지도 모른다.”

“그럼 어찌하여 이제 그것을 다시 바로잡아 보려 하십니까?”

“모든 것을 체념했던 나와 주천련에게 불씨를 지핀 일이 일어났다. 마교와의 싸움에 이어, 그리고 멸의 비급을 봉인하

는 대가로 내력 대부분 잃어버린 제갈성이 죽임을 당한 것이
지."

주문중의 말은 무거웠고, 소월의 얼굴은 딱딱해졌다.

"…누구에게 말입니까?"

"모른다."

"왜 막지 못하셨습니까."

"제갈성을 죽인 그 누군가가 누구인지 몰랐기 때문이다.
그 덕분에 마교는 사라지지 않았다. 오히려 진실을 알고 있는
자들이 사라지고 남은 마교는 말 그대로 파황군을 신처럼 떠
받들며 패도의 길을 가는 순수한 무림의 적이 되었지."

"마교의 소행이라 보십니까?"

"아니라 생각할 수가 없다."

주문중의 대답엔 망설임 따윈 없었다. 순수한 목적과 확고
한 신념이 자리 잡은 남자의 모습에 소월은 저도 모르게 튀어
나오려는 작은 탄성을 삼켰다.

"절… 왜 이리 만드셨습니까?"

"네가 모든 것을 끝내줄 것이라 믿었기 때문이다. 그리고
네 아비와 네 어미와 한 약속이다. 부모 세대의 잘못으로 가
여워진 너를 보며 언제나 아파하던 네 아비와 어미를 위한 것
이었다. 그리고 네가 모든 것을 끝낼 수 있는 사람이라는 생
각이 들었기 때문이다."

“저에게 다시 한 번 혈쟁을 일으키란 것입니까?”

주문중은 고개를 가로저었다.

“아니다. 지금이기에 가능한 일을 맡기는 것이다. 시대가 사람을 부른다고 했듯이 파황군 때와는 전혀 다른 지금을 살아가는 이들. 말 그대로 과거도 미래도 아닌, 현재의 무림을 네가 너의 의지에 따라 만들어주길 바란다.”

“…이것 또한 운명입니까?”

이번에도 그는 고개를 가로저었다.

“그것 또한 아니다. 너는 스스로 선택했다. 어찌 보면 선택할 수밖에 없는 상황이기도 했으나 그건 변명거리가 되지 않는다는 걸 지금의 너라면 알고 있겠지.”

“이제 되었습니다.”

소월의 질문이 끝나자 주문중은 마지막으로 가슴속 깊이 담아두었던 한마디를 건넸다.

“자, 이제 내가 묻자. 이 이야기는 여기서 끝이다. 어떠하더냐? 지금도 너는 스스로의 선택에 후회하느냐?”

“망설임은 없습니다. 제가 하려는 일에 참고 사항이 될 뿐입니다.”

“그럼 된 것이다. 그것이 바로 운명이라는 걸. 바닥에 패대기친 자의 슬픔이자 고통이다. 스스로의 선택이 결과를 낳는 것. 그리고 그 두려움과 맞서 싸우는 것이지.”

　그 이후 주문중과 소월은 혈쟁에 관한 그 어떤 이야기도 나누지 않았다.

　지금의 두 사람에겐 단지 과거일 뿐이었으니까.

＊　　＊　　＊

　후두둑―

　"이거 완전 거덜내 버렸구만?"

　진백의 커다란 목소리가 이미 반쯤 부서진 전각에 가득 퍼진다.

　"뻥 뚫려 있어 하늘이 보이는 건 좋지만… 그나마 비가 안 와서 다행… 응?"

　푸드득―

　엉망이 된 주변을 둘러보던 진백의 눈에 한 마리 비둘기가 들어왔다. 분명 낯익은 표식을 하고 있는 비둘기였다.

　"노인네가 애용하는 녀석이잖아?"

　삐익―!

　푸드득―

　진백이 크게 휘파람을 불자 하늘을 돌던 비둘기가 즉각 진백의 손으로 날아들었다. 비둘기 다리엔 작은 원통이 달려 있었다.

꺼내 든 전서를 이리저리 돌려보던 진백은 당최 모르겠단 얼굴로 소월에게 소리쳤다.

"야, 이것 좀 읽어봐라! 노인네한테 온 거 같은데 꼬부랑글씨라 모르겠다. 무슨 급한 일 같은데?"

진백에게서 전서를 건네받아 읽어 내려간 소월의 얼굴이 딱딱하게 굳었다.

단 한 줄이 쓰여 있었다.

"……."

너무나도 급히 날려 쓴 것이라 반복해서 읽지 않으면 알아볼 수 없는 글씨였다. 게다가 그 한 줄이 담고 있는 의미가 너무나도 컸기에 소월은 몇 번이고 그것을 읽고 또 읽었다.

"…진백."

"왜? 뭐라는데?"

"무림맹에 배신자가 있었다."

"배신자가 있을 거란 예상은 너도 했었잖아?"

때마침 태하가 두 사람 앞에 모습을 보였다. 늘 조용한 걸음이던 그는 한눈에 보아도 급히 뛰어온 모양새였다.

"무림맹에서 장문인들에게 입성장을 보냈다. 우리가 무당의 소식을 듣고 달려가기 전부터 구대문파는 물론이요 주변의 정파라 자처하는 이들에게 전부 입성장을 보낸 모양이더군. 그리고 시기상으로 봐선 이삼 일 정도 후면 모든 이들이 도착하게 될 것이다.”

“입성장을? 왜? 문파들에 관해선 분명 소월 이놈이 때를 기다려 달라고…….”

“뿐만 아니라 소소의 말로는 반감을 가지고 입성장을 무시하거나 거부한 문파들은 차례대로 공격받고 있다 하는군. 지금 이곳처럼.”

태하의 목소리엔 살짝 당황스러움이 배어 있었다.

“영감, 영감도 입성장 거부했소?”

“내 문파를 지키는 여력도 모자란 판국에 무림맹에 그리 자주 들락날락거릴 정도의 여유와 기간 또한 없었고, 진소월 자네에 대한 대한 반감 또한 가지고 있었기에 거부한 건 맞다.”

“뭐? 이게 어떻게 된 거야? 우리 예상하고 너무 다른데?”

진백은 한껏 놀란 표정으로 소월을 돌아봤다.

전서의 글씨를 읽어낸 소월의 얼굴에 낭패가 그려졌다.

“상대가 완전히 틀려 버렸어.”

“뭐? 누군데?”

소월은 전서를 진백에게 건네주곤 태하를 돌아보았다.

“태하, 네 검을 잠시 빌려주었으면 한다.”

태하의 검은 중원의 것이 아니었다. 하나 한눈에 보아도 중원에서 내로라하는 명검들에 뒤처지지 않는 것임을 알 수 있었다.

자신이 상대하려는 자를 위해선 검이 필요했다. 지금 당장 명검이라 불리는 것을 어디서 구할 길은 없었으니까.

"…그러지."

태하는 군소리없이 소월에게 자신의 검을 맡겼다.

그를 인정하기 때문에 자신의 생명과도 같은 검을 맡기는 것이었지만, 진백은 그 모습에 매우 놀란 듯했다.

"와, 네가 그 검을 누구한테 맡긴다는 게……. 와, 나는 손도 못 대게 하더니 너 이 자식……."

왠지 분해하는 진백에게 소월이 빠르게 말을 붙였다.

"진백, 너는 이곳에 남아 장문태성님을 부탁한다."

"어? 야! 어어?"

휘릭!

진백이 그를 붙잡기도 전에 소월은 작은 점이 되어 산을 내려가고 있었다.

"대체 뭐가 어찌 돌아가는 거야?"

신경질적으로 머리를 긁는 진백의 귀에 태하의 덤덤한 목소리가 들렸다.

"전서의 내용은?"

"나 글 못 읽는다고 했어, 안 했어? 그래, 잘됐다. 네가 보고 좀 말해줘라."

“나 역시 아직 중원의 글을 읽는 덴 서투르다.”

“거참, 도움 안 되는 놈일세. 그럼 영감, 영감이 좀 읽어줘. 무당 장문인이니까 당연히 글은 뗐겠지?”

“…버르장머리 하고는.”

“자.”

못마땅한 얼굴로 진백이 건넨 전서를 받은 장문태성은 잠시 날려 쓴 글씨를 이리저리 살펴보다 급작스레 얼굴을 굳혔다.

“이런… 말도 안 되는…….”

“왜? 뭐라고 쓰여 있는데? 별말 없는 거 같은데. 뭔데?”

전서를 들고 있는 그의 두 손이 떨렸다.

놀란 두 눈은 튀어나올 것만 같았다.

“아, 영감, 대체 뭔데 그래?”

답답한 진백은 장문태성에게 답을 재촉했고, 장문태성은 다 죽어가는 사람의 신음을 내며 무겁게 입을 열었다.

“…주천련을 조심하라. 그것이 전서의 내용이다.”

“뭐? 주천련? 우리 영감 친구라는 무림맹주 아냐?”

어리둥절해하는 진백과 달리 태하 또한 장무태성마냥 얼굴을 딱딱하게 굳혔다. 그리곤 무거운 목소리로 입을 열었다.

“삼 일 안에 소월이 무림맹에 도착하지 못하면 모든 것이 끝나 버리겠군.”

*   *   *

　무당에서 소월이 이곳으로 떠난 지 삼 일의 시간이 지났다.

　무림맹, 그의 입성을 반대했던 자들은 물론이오 여러 정파를 자처하는 이들은 지금 무림맹주인 주천련의 부름을 받고 못마땅한 얼굴로 모여 있었다.

　입성장을 받은 모든 이들이 무림맹에 모이게 된 정오.

　그곳에 소월은 없었다.

　그럴 것이다. 말을 타고 낮밤 없이 달려도 한 달은 족히 걸릴 거리를 어찌 삼 일 만에 당도한단 말인가.

　“아니, 무림맹주도 그렇지, 지금 이 시국에 자꾸 우리를 오라 가라 하면 어쩌잔 말이오.”

　“게다가 구대문파뿐만 아니라 저런 이름도 모를 어중이떠중이들까지 모두 모이라 하다니 도대체 무슨 생각인지, 원.”

　정작 구대문파의 장문인들은 가만히 추이를 지켜보는 가운데, 어정쩡한 위치에 있는 자들이 서로를 헐뜯고 있었다.

　삼삼오오 모여 쉴 새 없이 떠드는 그들과 다르게 구대문파의 수장들이 입을 꽉 다문 이유는 다름이 아니었다.

　“무당에 괴한들이 들어섰다는데 소식 들었소?”

　“무당에? 괴한들이? 어느 간덩이 부은 것들이? 혹시 마교가?”

"아무리 마교라 한들 무당산에 들어갈 배짱이 있단 말이오? 그건 말도 안 돼지. 분명 헛소리일 것이오."

"하지만 장문태성님이 자리에 없지 않소?"

"입성장을 거부한 자들도 더러 있다 하니 분명 그럴 것이오. 천하의 무당이 간괴한 마교 따위에게 당할 리 없지 않소."

"그, 그야 그렇지만……."

무당이 습격당했다는 소식은 이미 전 무림에 퍼져 있었다.

게다가 이 자리에 장문태성이 없다는 것은 그것을 단순한 소문이 아닌 사실로 만들기 충분했다.

"소월군은 무사하겠지?"

"그는 강하니까 걱정 없겠지. 진백은 물론이오 태하까지 있으니. 이럴 줄 알았다면 태하나 진백 둘 중 한 명은 이곳에 있게 할 것을 그랬군."

"사부님은 어쩌지?"

"그분 걱정은 할 필요 없겠지만… 상황이 이렇다 보니 안 좋은 건 사실이군."

"혈수마제가 어찌 되었다고?"

소소와 벽진에게 먼저 다가온 것은 아미파의 서태자명이었다.

그녀의 물음에 벽진이 굳은 얼굴로 답했다.

“소식이 끊기셨습니다. 그리고 붉은 전서가 육 일 전 날아
들었습니다. 신변에 문제가 생기신 듯합니다.”

“소식이 끊겨?”

“자세한 것은 대장인 소월이 돌아와야 알 수 있겠지
만…….”

“…그거 참, 빨리 왔으면 좋겠군.”

그들 곁으로 다가온 영충선제 또한 목소리가 낮았다.

“영충선제님 오셨습니까.”

“저희 곁에 있는 편이 좋을 듯합니다.”

“늙은이를 생각해 주니 고맙군.”

이어 금천관의 소예령과 백 총수가 장내에 들어서자 모두
의 시선이 두 사람에게로 향했다.

“아가씨, 날이 갈수록 저희들의 인기가 치솟는 것 같지 않
습니까?”

“…화상아.”

작은 농을 건네며 들어서는 두 사람이었지만 그들 또한 영
충선제와 같이 뭔가 이상한 낌새를 눈치챈 것 같았다.

“어째서 이 많은 이들을 이리 갑작스레 모았을까요? 게다
가 이런 시국에…….”

“소월님에게선 별다른 말이 없으셨는지요.”

“무당에 다녀온다는 것 외에는 아직. 역시 이곳에 오지 말

았어야 하는 걸까요."

"낌새가 이상하긴 하지만 차라리 이곳에 함께 있는 편이 나을 수도 있습니다. 괜히 이제 와 무림맹의 눈 밖에 나는 건 아니 될 것이니까요."

"영충선제님도 계셨군요."

"장문인께서도 뭔가 이상함을 느끼고 계신 듯합니다."

소예령의 말에 영충선제는 불안한 기색으로 어수선한 장내를 훑어보았다.

"이 어수선함과 거북스러운 기운. 뭔가 일어나도 이상하지 않은 분위기로세."

이상할 만치 뭔가 이질적인 오늘의 무림맹.

게다가 모두를 갑작스레 불러 모은 무림맹주의 알 수 없는 의도. 무언가 이상한 낌새를 챈 소림과 몇몇 문파들은 모여 주변을 경계하는 듯했다.

"소월 대인은?"

영충선제는 소월이 자신을 마음으로 감복시킨 이후 할아버지와 손자뻘의 나이 차가 남에도 그를 대인이라 칭함에 망설임이 없었다.

"무당의 일을 처리하러 갔습니다."

"정녕 무당이 공격받았다는 것이 사실이란 말인가?"

"무림맹주의 언질도 그렇고, 확실한 듯합니다."

“마교가 그 정도까지 힘을 키웠단 말인가. 아직 우리는 기반조차 제대로 잡지 못했거늘……. 파황군은 물론 멸의 비급 또한 우리 쪽에 있는 꼴인데 오히려 당하고 있다니 믿을 수가 없군.”

“우선 이 일은 태하를 통해 보고했으니 무언가 답변이 있을 것입니다.”

다만 그들은 소월이 이곳으로 달려오고 있다는 사실은 알지 못했다.

촤악—!!

무림맹이 자리하고 있는 사천성까지 거의 다 도달했다.

중턱의 어디까지 왔는지는 몰랐으나 그의 걸음이 급한 것만은 사실이었다.

벌써 삼 일을 밤낮없이 달려온 소월이었다.

휘릭—!

높은 바위는 훌쩍 뛰어넘고 길이 없는 산은 길을 만들어 달려왔다. 호수가 있으면 호수를 가르는 한이 있더라도 오직 무림맹을 향해서만 달려왔다.

말을 타고 밤낮없이 삼 일을 달린다 한들 소월이 도착한 시간의 반의반도 미치지 못한다.

그만큼 긴 거리.

어찌 보면 여행을 해야 하는 긴 거리를 소월은 단숨에 달려온 것이었다.

그럼에도 삼 일이 걸렸다.

체력적으로도 한계에 부딪쳐도 부딪쳤을 것이지만 이를 악물고 여기까지 달려온 것이다.

탁—

"……."

무림맹은 너무나도 고요했다.

사람 하나 찾아볼 수 없는 조용함이 그곳에 가득 차 있었다.

그리고 결국 소월은 무림맹에 들어가기 위해 꼭 들러야 하는 거대한 석실 문 앞에 섰다. 문 너머 저 먼 곳에 거대한 팔층탑이 있다.

"후우!"

시간이 있다면 조용한 곳에 자리를 잡고 운기조식을 하고 싶었으나, 그러기엔 시간이 너무나 없었다.

죽음의 냄새가 저쪽에서부터 들려오는 걸 느낄 수 있었다.

거대한 마기가 그 안에 자리하고 있다.

"간다."

소월이 무림맹 안으로 한 발 디디자,

드드드드—!

거대한 석실 문이 열렸다.

문 안쪽에서부터 풍겨오는 죽음의 향기.

그것은 분명 함정일 것이라 생각했지만 소월의 걸음엔 망설임이 없었다.

드드드드—!

굉음을 내는 석실의 문이 그를 집어삼킬 때까지도 그의 발걸음엔 한 치의 망설임도, 그리고 주저함도 엿보이지 않았다.

第四十八章
비정함이란

진소월

"이거, 끝이 안 보이는군."

굽혔던 허리를 펴고 숨을 쉬자 목을 가득 채우는 바삭한 느낌이 몸 안 가득 들어선다. 삼 일 밤낮 없이 뛰어온 터라 진기가 많이 빠져 있었다.

게다가 석실 안으로 들어서자마자 나를 반긴 향은 서서히 그의 진기를 빨아먹는 거머리 같았다.

멸절심력으로 그 기운을 최대한 억제하고 있었으나 나의 사부인 주문중이 만들어낸 독이다. 그리 쉽사리 해결할 수 있을 리 만무했다.

드드드―!

벌써 네 번째.

또 한 번 거대한 석실의 문이 열렸다.

쉬이잉―

지독한 살의가 바람을 타고 불어온다.

"끼기기기."

"크크크."

안은 녀석들로 득실거렸다.

곪은 상처는 그대로 터져 있으며, 잘린 팔다리를 엉성히 붙여놓은 그들은 온통 살의와 피를 갈구하는 본능뿐이다.

죽은 자의 시신을 엮어 억지로 되살린 마(魔)의 금지된 주술로 생명을 얻은 의지가 없는 자들.

그들의 관절은 연골이 닳아버린 듯 뼈와 뼈가 맞물리며 신경을 긁는 소리를 냈다.

"끄어어!"

문이 열리자마자 눈앞으로 한 놈이 달려든다.

슝!

커다란 검이 바람을 가르며 날아들었다.

아슬아슬하게 눈앞을 스쳐 지나가는 검의 끝을 본다.

픽!

검을 올려쳐 놈을 두 동강 냈다.

“캬악!”

“훙!”

콱!

곧바로 뒤에서 이빨을 들이댄 녀석의 아가리에 검을 박았다.

카앙!

캉! 스악!

손 안의 검이 요란스레 휘둘릴 때마다 놈들의 목은 바닥을 굴렀고 팔은 허공에 뿌려졌다.

쉬익— 턱!

휘두른 검에 또 하나가 걸려들었다.

“끄으으……”

뜨드득!

손목에 힘을 주자 뼈를 자르는 둔탁함이 전해져 온다.

서억!

머리부터 사타구니까지 두 동강 내버린 녀석에게서 악취 가득한 피가 튀었다.

그러나 곧바로 녀석들은 내 주변을 겹겹이 에워싸곤 맹수처럼 이빨을 내보였다.

“크흐흐흐!”

시간이 지날수록 녀석들의 수는 줄지 않고 되레 늘어나 시선을 가득 메웠다.

녀석들을 깨부수는 건 어렵지 않았다.

여차하면 석실 자체를 부숴 버리면 그만이었으나, 그리한다면 잔해들을 헤치고 나가는 시간이 더 걸릴 것이다.

상대는 분명 내가 이곳에서 많은 시간을 지체하길 바라고 이런 함정을 준비했을 것이다.

"후우……."

희뿌연 입김을 내뱉었다.

좁은 석실은 이미 썩은 악취로 가득했다.

"이러단 끝이 안 나겠군."

더 이상 여기서 시간을 지체할 수 없다.

내공을 아껴둬야 이 건너를 넘었을 때의 싸움에 대비할 수 있겠으나 지금 당장 당도하지 못하면 남겨놓은 힘을 다 써보지도 못하고 상황이 끝나 버릴 것이다.

나는 검을 거뒀다.

그리고 발끝에 기를 집중시켰다.

부우우—

"멸마각!!"

쾅!!

날 선 기합을 내뱉으며 바닥을 강하게 찼다.

콰드드득!

내리찍은 바닥을 기점으로 커다란 균열이 거미줄처럼 뻗어 나갔다. 지면이 요동치자 달려들려던 녀석들이 중심을 잃고 쓰러졌다.

마무리다.

"멸절쇄파!!"

쉐엑!!

손을 뻗자 검디검은 기운이 사납게 녀석들을 향해 뻗어 나갔다.

"크으!?"

퍽!!

검은 기운은 거대한 검을 치켜든 녀석과 주변에 있던 놈들의 배를 뚫었다.

쩌억!

그리곤 놈들을 수박 쪼개듯 산산조각 내 바닥에 흩뿌렸다.

솨아아아!!

사방으로 뻗어 나간 기운은 광풍이 되어 석실을 휘젓고 그 안에 닿는 모든 것을 파괴했다.

"끄아아!"

"끄에에!!"

그곳에 광풍을 피할 수 있는 건 아무것도 없었다.

투두둑—

삽시간에 주변을 둘러싼 수십, 수백의 무리가 다져진 고기
가 되어 떨어져 내렸다.

검은 기운이 휩쓸고 지나간 바닥엔 늘 그렇듯 멸(滅)이란
글자만이 남았다.

"청소는 이제 끝난……?"

"크헝!!"

"흥! 아직 쥐새끼가 남아 있느냐!"

작게 숨을 고르는 중 등을 때리는 울부짖음에 몸을 돌렸다.

그리고 단칼에 목을 베어버릴 기세로 검을 휘둘렀다.

"……!!"

그러나 나는,

터억!

달려든 사내의 목 언저리에서 검을 가까스로 멈춰야 했다.

투둑—

가까스로 검날은 멈추었지만 그 뒤를 따라온 날카로운 예
기는 사내의 목을 꿰맨 굵은 실을 반이나 끊어버렸다.

"아……."

그를 바라보는 내 입술이 의지를 벗어나 떨리기 시작했다.

"끄으우……."

핏기 하나 없는 창백한 피부, 깡마른 팔과 다리.

어떤 소린지 알아들을 수 없는 괴상한 음성.

무엇보다 초점 없는 허무한 눈동자를 마주했을 때,

"……!!"

나는 검자루를 쥔 힘이 거짓말처럼 빠져나가는 것을 간신히 붙잡았다. 다시 한 번 눈앞의 사내를 바라봤으나 곧바로 고개를 돌렸다.

말도 안 된다. 이건 말도 안 돼!

방금 전 떨쳤던 위세는 봄날에 눈 녹듯 사라져 버렸다.

사내와 마주한 나는 무엇에 홀려 도망치는 사람마냥 뒷걸음질 쳤다.

"아, 아……."

"끄흐우."

퍽—

밀쳐 냈다.

급히 손아귀의 검을 등 뒤로 감춘 채.

나는 달려드는 사내를 두 손으로 밀쳐 냈다.

"크어어!"

그러나 어설프게 밀어제친 바람에 사내는 곧바로 나에게 달려들어 날카롭게 갈려진 손톱을 휘둘렀다,

"큭!"

주륵—

가슴팍이 인두로 지진 것처럼 뜨겁다.

선혈이 흘러내렸다. 거친 숨이 새어 나오고 터질 듯한 심장
의 고동은 뿌리처럼 깊게 내렸다.

"아니야……."

눈앞의 사내를 바라보는 괴로움과 고통에 두 눈이 시큰거
린다.

탁!

사내를 밀쳐 낼 때마다 뿌옇게 흐려지는 시선에 정신을 차
릴 수가 없다.

찰그랑—

결국 난 쥐고 있던 검을 떨어뜨렸다.

"끄어어!"

탁!

"…일어나지 마십시오."

나는 달려드는 사내를 밀어내며 힘없이 중얼거렸다.

"끄어!"

탁!

머릿속이 백지장이 되어버린 듯 하얗다.

탁—

밀쳐진 그가 오뚝이처럼 일어설 때마다 사지를 헐겁게 꿰
맨 실들이 풀려 온몸이 너덜거렸다.

탁!

“제발 이대로 누워 계시란 말입니다!!”

소리치며 밀어내는 것밖엔 지금 떠오르는 것이 없었다.

당장에라도 꺾여 버릴 듯 애처롭게 후들거리는 무릎을 간신히 잡아본다.

“끄으!”

휘익!

나는 사내를 안았다.

“끄어어!!”

콰득!

사내는 내가 그를 감싼 순간에도 본능에 따라 썩은 이로 내 팔을 물었다.

“큭!”

살점이 뜯겨 나간 팔에서 고통이 엄습해 왔음에도 나는 되레 그를 꽉 안았다.

이분의 몸이 이리도 작았던가…….

이분의 몸이 이리도 깡말랐던가…….

이분의 몸이 이리도 차가웠던가…….

나는 더 이상 참지 못하고 오열했다.

“제발… 제발!!”

갈라진 목소리로 고함 쳐보지만 이는 나를 알아보시지 못
했다.

　"월아, 너는 총명한 아이다. 능히 무가 아닌 문으로 너의 재능
과 총명함을 깨울 수 있다."

　그 회색 눈동자는 더 이상 나를 따사로이 내려다봐 주지 않
았다.

　"하하! 그래, 우리 소월이가 벌써 이만큼이나! 컸구나!"

　내 이름을 부르던 그 다정한 목소리는 전혀 믿을 수 없는
쉿소리를 내고 있었다.

　"하하! 그래, 아비도 너와 누이를 가장 사랑하고 있단다."

　"크아아!"
　콱!! 콱!
　내 머리를 쓰다듬어 주던 그 커다랗던 손은 이젠 날 선 흉
기가 되어 내 가슴을 찢고 있었다.
　하나 분명…….

“아버지!!”

그는 내 아비였다.

  마치 자신을 죽여 달라는 듯 울부짖으며 바동거리는 그를
꽉 안은 채 움직이지 않았다.
  “제발 이러지 마세요. 접니다. 소월이에요. 저예요. 저 모
르시겠어요? 저란 말입니다!!”
  “끄으으.”
  그가 물고 있는 내 팔이 떨어져 나가도 상관없었다.
  하나 깊은 슬픔에 잠겨 있음에도,
  “킥!”
  귓가에 또렷이 들리는 웃음소리에 나는 고개를 들어야 했
다.
  녀석의 웃음소리였기 때문이다.
  “네놈은 역시 변하지 않았구나.”
  “너……”
  석실의 가장 높은 곳에서 얼음같이 차가운 얼굴로 나를 내
려다보고 있는 그 녀석의 입꼬리는 올라서 있었다. 그때도 그
랬다. 누이를 이용했다고 말하는 그 순간에도 입꼬리를 들어
나를 내리깔아 보고 있었다.

“그때나 지금이나 물러 터졌어. 천지를 개벽할 힘을 가졌음에도 늘 작은 결정에 망설이지.”

“너⋯⋯.”

“진소월, 네가 안고 있는 그 시체를 죽이지 못하면 너는 내 앞에서 칼조차 들지 못할 것이다.”

“너!!”

분노에 찬 일갈을 내뱉은 내 얼굴이 도깨비처럼 일그러졌을 거란 건 자명한 일이다.

검을 들어 싸우려 했으나, 그렇게 되면 아비를 놔야 했다.

무당파에서 그들의 친족이 시강시가 되어 있는 것을 보았을 때, 나를 노리는 자가 누구인지 알아챘을 때 이런 상황을 짐작했어야 하는 것을.

무지했다. 너무나도 무지했던 나 자신에게 화가 났다.

제 아비를 두 번 죽이는 것이나 마찬가지인 불효였다.

“나는 네 아비가 그리 되어 있는 것에 대해 아는 바가 없다. 너를 만나려, 그리고 무림맹에서 날 이용했을 가증스러운 늙은이의 얼굴을 보러 온 것은 맞지만 말이다. 하지만 실망이다.”

“크으으⋯⋯.”

아비를 놔두고 모두를 구하기 위해 갈 순 없었다.

그가 풀려나 자신이 아닌 동료를 공격하게 놔둘 수도 없을 뿐더러, 동료들에게 나와 같은 자비를 기대할 수도 없었다.

　게다가 설령 아비가 나를 해하려 한다고 해도 나는 절대 아버지를 해할 수 없었다.

　내 행동의 답답함을 느낀 것일까? 모용비의 말투는 날이 서 있었다.

　"내가 어째서 천의 무구를 여기까지 모아왔는지 자네는 전혀 모르는가 보군."

　말을 마친 그는 제 팔을 걷었다.

　걷어진 그의 팔은 놀랍게도 여기저기 균열이 가 있었다.

　"보시다시피 내 몸은 이미 만신창이다."

　"천의 무구… 가 준 벌인가."

　"네놈이 변했다고 생각했지만 넌 변한 것이 없다. 우유부단한 결정. 어찌 되어도 상관없다 하지만 결국엔 남을 위해 제 몸조차 돌보지 않는 병신 같은 짓거리를 그만두지 못하는구나. 그런 녀석이 무림을 바꾸겠다고 소리치는 것 자체가 어리석은 것이다. 내가 비정한 것 같더냐."

　"……."

　모용비의 말에 나는 대답하지 못했다.

　"무언가를 이뤄야 하기 위해 비정해져야 한다는 것, 바로 그런 것이다. 네가 이루자 말했던, 그리고 뱉었던 것들은 전부 그 비정함을 등에 짊어져야만 가능한 것들이다."

“…….”

녀석의 말대로다.

“진소월!! 네가 진정 이루고자 하는 것이 있다면! 그것을 위해 망설이지마라!”

“닥쳐! 네깟 놈이 뭘 안다고 지껄이느냐!”

“모르기 때문에 네 등을 떠밀 수 있는 것이다!”

“닥쳐! 죽여줄 테다! 누이의 원수!!”

아버지를 놓음과 동시에 찢어죽일 듯이 모용비를 향해 달려나가려 했다. 귓가에 가득 전해오는 그 한마디만 아니었다면 말이다.

“끄… 워…….”

“……?”

순간, 품 안의 아비가 움직임을 멈췄다.

그리고 귀를 의심케 하는 한마디를 웅얼거렸다.

“워… 아… 죽… 여…….”

“…아.”

“나… 여… 다… 오…….”

힘겹게 말을 잇는 그 목소리에, 주체할 수 없이 흘러내리는 눈물에, 아비가 어떤 표정으로 나를 바라보는지 알 수 없었다.

“사랑하는 나의 아들아, 너는 너의 소중한 것을 잃는 일이 없
도록 강해지거라…….”

　다만 나는 검이라 생각되는 물건을 주워 들곤 아비의 목을
향해 힘껏…….
　힘껏,
　“으아아아!!”

　검을 휘둘렀다.

第四十九章
진정한 적

劍
진소월

무림맹주 드십니다!

　장내에 쩌렁쩌렁 울리는 외침에 모두가 나누던 얘기를 멈추곤 커다란 문을 응시했다. 그들의 표정은 불안으로 가득 차 있고 번거로움에 귀찮아하는 기색 또한 보였다.
　빨리 그가 모습을 드러내어 자신들의 불만을 받아주길, 이 비루하고 지겨운 상황에 늘 그렇듯 미안함을 가지고 자신들에게 사과하길 바랐다.
　한마디로 불만을 토로하고 싶어 몸이 근질거렸다.

끼이익—

조용한 홀 안으로 커다란 문이 열리고 사대호를 필두로 무림의 맹주 주천련이 들어섰다.

"우릴 다시 부른 이유가 뭡니까, 무림맹주?"

"안 그래도 마교의 중원 침입이 시작되어 뒤숭숭한 판국에 말이오."

"혹 그 소월이라는 싸가지 없는 놈 이야기라면 듣고 싶지 않소이다."

주천련은 그들의 성화에 답하지 않았다. 평상시의 그라면 사람 좋은 웃음을 내보이며 한 명 한 명의 불만을 들어주었을 것이지만,

지금은 달랐다.

"이… 무슨……."

"……?!"

"……!!"

안으로 들어서는 주천련에게 성화를 내던 이들이 입을 닫았다. 다름 아닌 주천련을 따라 마지막으로 들어선 두 인물 때문이었다.

바로 혈악귀도와 진혈대마.

그들은 이곳에 모여 있는 모든 이들, 즉 혈쟁을 겪은 이들이라면 누구나가 알고 있을 마교의 교주들이 아닌가.

“흠, 대략 다들 모였군.”

모두가 얼어붙은 그곳에 자리에 앉아 거만하게 다리를 꼬고 턱을 치켜든 주천련은 그들이 알고 있던 모습이 아니었다.

누군가를 거만하게 내리깔아 보는 그 모습.

자신들을 버러지처럼 하등하게 내리깔아 보는 모양새의 그 인물은 더 이상 온화함으로 익숙한 주천련이 아니었다.

모든 이들은 이 갑작스럽고 당황스러운 상황에 선뜻 입을 열지 못했다.

서태자명이 간신히 입을 떼어 묻는다.

“이, 이게 무슨 일이오, 맹주… 님?”

“뻔한 것 아니겠나.”

반면 주천련은 대수롭지 않다는 듯 고개를 까닥이며 대답했다.

“어찌!! 마교의 놈들이 어찌 이곳에!!”

“이 상황에 대한 설명이 있어야 할 것 아닙니까.”

온몸을 엄습하는 위기를 느낀 서태자명이 딱딱하게 물었다.

“설명?”

콰앙—!

주천련의 몸에서 튀어나온 엄청난 마기가 주변을 휩쓸었다.

마기만으로도 온몸이 찌릿했다.

그 울림은 바닥이 흔들리는 착각을 줬다.

순간 모두가 놀라 입을 다물었고, 일어섰던 주천련은 다시 자리에 앉고는 나직이 입을 열었다.

"더 볼 것 없다. 시작하도록 하지."

주천련의 말에 모두가 긴장을 늦추지 않았다.

크구구궁―!

그의 손짓에 거대한 석실 문이 서서히 열리기 시작한다.

"뭐, 뭐야?"

크르르―

짐승 같은 울음 소리.

살아 있는 자들의 눈빛이라고는 생각되지 않는 초점없는 허여멀건 눈동자.

"이, 이게 무엇인가!?"

"주천련, 미친 건가!!"

"사, 살아 있는 자들이 아니다!"

짐승마냥 이빨을 드러내고 장내의 이들을 둘러싼 것들은 바로 시강시였다.

"잘 찾아보면 아는 얼굴을 만날 수도 있을 터지만 놀라지 들 마시오. 아, 그리고 도망쳐 봐야 쓸모없소이다. 그리고 외부에서의 도움을 기대하지도 마시오. 이미 무림맹으로 들어서는 각 관문은 시강시들을 풀어놨으니 말이오. 이곳은 좁아서 몇 마리 못 들어왔으나 그쪽은 아마… 수백 마리는 될 게요. 흐흐흐.”

마지막으로 홀 안에 들어서는 모산파 장문인의 비열한 웃음과 한마디에 모두는 상황을 파악할 수 있었다.

“뭐, 뭣이라?!”

“모, 모두 모이시오!”

아직까지 사태 파악이 되지 않는다면 그것은 곧 죄나 마찬가지. 침묵하던 사대호 예불계가 앞으로 나섰다. 동시에 사마진 또한 한 발 앞으로 나섰다.

커다란 화약고가 터지기 전의 모습이었다.

“이런 시부랄!”

“무림맹주! 어째서!”

자신들은 함정에 걸린 것이다.

그것도 무림맹의 가장 높은 곳에 있는 무림맹주 주천련에게 말이다.

그들이 시강시의 등장에 놀랄 새 없이,

쫘악—!!

“크아악!”

비단 폭 찢는 소리가 터졌다.

그야말로 눈앞에서 사람의 몸뚱이가 천 쪼가리처럼 찢어

졌다.

사람을 찢어발긴 것은 다름 아닌 주천련이었다.

"아직 상황 파악이 안 되는가 보군."

눈앞의 장문인 중 하나를 그대로 잡아 찢어버린 주천련은 희번덕이는 안광으로 이들을 슥 훑어봤다.

그의 양손에서 떨어져 내리는 피의 비릿한 냄새가 장내를 가득 채웠다.

"너희는 여기서 전부 죽는다."

주천련의 그 한마디가 시작을 알리는 신호였다.

파박―!

동시에 진혈대마와 혈악귀도의 모습이 그들의 시야에서 사라졌다.

퍽!

"크악!"

또다시 비명이 터졌다.

이름 모를 장문인의 가슴을 꿰뚫은 진혈대마가 피로 젖은 손을 뽑아냈다.

"이런 개 같은!"

차앙!!

"하앗!!"

다른 이들이 곧바로 검을 꺼내 반격해 보지만 당연히 무리다.

피슛—

진혈대마의 경공은 빨랐다.

눈으로 쫓는다는 건 이미 불가능했다.

파앗—

혈악귀도 또한 오 장이 넘는 거리를 이동하며 반대쪽에 모습을 드러냈다.

퍼격!

"크억!!"

혈악귀도의 주먹이 두려움 가득한 시선으로 자신을 바라보는 자의 머리통을 날려 버렸다.

가볍게 손을 턴 혈악귀도는 입꼬리에 비웃음을 걸었다.

"크크, 이런 어쭙잖은 것들이 한 문파를 책임지는 문주란 말인가?"

그와 동시에 수십의 시강시들이 사람들에게 달려들었다.

"크아아!!"

"진열을! 진열을 갖추시오!"

개개인의 무력은 뛰어날지 모르나 각기 다른 문파들이 진을 펼 수 있을 것도 아니오, 그렇다고 서로 마음이 맞아 협동을 하는 것 또한 힘들다.

수십 명이 바글대는 그곳에선 서로의 검에 찔려 오히려 부상자가 속출한다면 모를까.

"잔악한……."

다행히 구석진 곳에 멀찌감치 떨어져 있던 소예령과 백 총수 일행은 지옥도 같은 참혹한 모습에 입술을 깨물었다.

"이러단 순식간에 전멸당하겠군!!"

영충선제는 벌써 싸움 속으로 들어가 우왕좌왕하는 이들을 보호하고 나섰다.

크앙—!!

살기등등한 시강시들이 일행을 향해 손톱을 세우고 달려들었다.

"흥!"

서태자명이 몸을 날렸다.

차앙!

그녀의 날 선 검은 달려드는 시강시를 그대로 두 쪽 내버렸다. 그녀는 그대로 아수라장을 이룬 싸움터로 몸을 날렸다.

나머지 놈들은 겁도 없이 백 총수에게 달려들었다.

"버러지 같은 놈들이!"

지금의 백 총수의 손속엔 자비가 없었다.

펑!

그가 내지른 주먹에 시강시의 머리통이 터져 나갔다.

뻐억—!!

그의 발이 달려드는 시강시의 머리통을 그대로 밟아버렸다.

백 총수가 시강시를 도륙하는 그 찰나의 순간, 어느새 소예령 앞에 혈악귀도가 나타나 잔혹한 웃음을 흘렸다.

"계집! 목숨을 내놓아라!"

쉐엑—!

그가 내뻗은 지독한 살기의 주먹이 소예령을 노리고 날아든다. 소예령은 급하게 빼내 든 검으로 혈악귀도의 공격을 맞받아쳤다.

펑—!

"큭!"

소예령이 신음을 내며 비틀 한 걸음 물러섰다. 그나마 그녀의 무공이 어디 내놔도 빠지지 않는 수준이라서 그 정도다. 혈악귀도의 한 수를 받아내지 못하고 주검이 되어 쓰러져 있는 시체가 이미 한 가득이다.

"아가씨!"

백 총수가 급히 끼어들어 이어진 혈악귀도의 공격을 튕겨냈다.

펑—!

"네 이놈 혈악귀도!!"

"하! 거지새끼가 아직도 살아 있었구나!"

백 총수는 귀신같이 무서운 얼굴로 혈악귀도를 향해 쥬먹을 내질렀다.

삐억—!

"큭!"

날아든 주먹을 그대로 받아낸 혈악귀도의 몸이 저만치 날아간다.

콰과곽—!!

혈악귀도를 따라가는 백 총수의 발 굴림에 바닥이 뜯겨 나갔다.

"오늘 네 머리통을 뜯어주겠다!"

"오냐! 저번에 마저 치르지 못한 판을 벌이자꾸나!"

두 사람이 맞붙자 장내가 진동으로 흔들리기 시작한다.

"계집! 많이 컸구나!"

캉—!

"크윽!"

진혈대마의 공격을 튕겨낸 서태자명의 손이 갈라지고 입술이 찢겼다.

"물러서시오, 서태자명!"

영충선제가 그녀를 노리고 날린 진혈대마의 살초들을 막아내며 앞에 섰다.

"감사합니다."

그녀는 눈이 붉게 충혈되어 간신히 진혈대마의 공격에서 벗어날 수 있었다.

'이상하다. 진기가 모이지 않아.'

분명 진혈대마는 강하다. 하지만 이렇게 허무하게 자신이 당할 리가 만무했다. 다른 구대문파의 문주들 또한 상태가 이상한 건 마찬가지였다.

그들이 길거리의 널린 무림인도 아니고 한 문파의 문주들인데 이리 허무하게 죽어 나갈 까닭이 없지 않은가.

"이제야 눈치챘는가?"

가장 높은 곳, 맹주의 자리에 앉아 싸움을 구경하는 주천련이 천천히 입을 뗐다.

"이미 자네들은 내력을 다시 채워지지 못하게 막는 독에 중독되어 있는 상태라네. 무취에 무향. 그대들이 무림맹에 들어온 순간부터 소량으로 지금을 위해 제조된 약이니 맘껏 즐겨주시게나. 아, 반 시진 정도면 회복할 수 있겠지만 살아남는다는 조건이 붙어버리니 참 아쉽군."

무심한 듯 잔혹한 주천련의 말에 모든 이의 가슴이 철렁였다.

"마, 말도 안 돼."

"어쩐지 몸에 힘이… 크억!"

곧이어 제 손을 바라보며 망연자실하던 이의 머리통이 시강시에게 물어뜯겨 날아갔다.

눈앞의 시강시를 날려 버린 영충선제는 곧바로 주천련을 향해 소리쳤다.

"주천련, 어째서 이런 짓을 하는가?!"

"어째서?"

장문태성의 양 볼이 부르르 떨렸다.

주천련의 눈이 가늘어졌다.

"내가 그동안 그대들이 두려워 무림맹주의 자리를 허수아비처럼 내놓았다고 생각하는가?"

자리에 앉아 자신을 바라보는 주천련의 표정엔 경멸이 스며들어 있었다.

영충선제는 안색을 굳혔다.

"주천련!!"

돌연, 십여 장 뒤에서 벼락같은 분노를 뿜어내며 적왕운이 소리쳤다. 믿었던 주천련에 대한 실망으로 모두의 분노가 하늘을 찌른 그 상황에서 가장 놀랄 사람은 바로 그의 충복인 적왕운이었다.

"아, 이런, 내 오랜 벗이자 총관인 적왕운 아닌가."

"어째서 당신이?!"

누가 말릴 새도 없이 적왕운이 칼을 휘두르며 주천련을 향해 달려나갔다. 주천련은 한 치의 미동도 하지 않은 채 자리에 앉아 적왕운을 내리깔아 보고 있었다.

"으아아!!"

검을 내뻗는 적왕운은 가슴이 갈가리 찢어져 나가는 것 같
았다. 그의 검이 주천련의 가슴을 찌르려는 순간,

파악—!

사대호가 그의 앞을 막아섰다.

사대호 중 하나인 사마진이었다.

펑—!!

"큭!"

그의 일장에 적왕운이 튕겨져 나갔다.

촤악!

바닥을 한차례 구른 적왕운은 벌떡 일어서더니 땅을 박차
고 하늘 위로 올랐다.

"진정 자네들까지!!"

곧이어 예불계가 공중으로 날아오른 적왕운의 가슴에 강
한 쌍장을 날렸다.

"……!!"

그는 공격을 막아내려 했지만 단전에 기가 모이지 않았다.

시강시를 도륙하며 거의 모든 내력을 소진한 것이다.

쾅!

"크학!"

고스란히 가슴에 쌍장을 강타당한 적왕운은 바닥으로 고꾸라졌다.

"적왕운!"

영충선제가 가까스로 떨어져 내린 적왕운을 받아 들었다.

"…어째서… 어째서……."

적왕운은 눈물을 흘렸다.

적어도 어째서 그들이 이러하는지 이유라도 알고 싶었다. 그 이유라도 들으려면 그들을 굴복시켜야 하겠지만 자신에겐 그럴 힘이 없었다.

쌍장을 걸은 예불계의 표정은 무심했다.

"주인을 섬기는 것은 당연한 일이지."

수십 년을 함께 지내온 동료의 가슴에 살초를 펼친 사람의 모습이 아니었다.

"사대호마저……."

"꿈을 꾸는 건가."

사대호의 행동은 또다시 커다란 충격이 되어 살아남은 무림인들의 가슴을 쳐댔다.

"우리를, 아니, 전 무림을 배신하다니!!"

"말 섞기 귀찮군. 나중에 저승에 가서 듣고 보시게나."

주천련은 더 이상 입을 열지 않았다.

그저 가만히 자신에게 달려오지 못하는 무림인들을 내리

깔아 보고 있을 뿐이었다.

"이제 시작할까요?"

모산파의 장문인 사모주운은 어느새 주천련 곁에 자리하고 있었다.

"그러도록 하지."

사모주운이 허리춤에서 수많은 부적을 꺼내 들어 공중에 뿌렸다.

"이제 보여줄 시강시는 자네들을 위해 특별히 제작한 것들이네. 방금 것들은 자네들의 내력을 소모하게 위해 만들어낸 소모품들이야."

공중에서 타오른 부적에서 매캐한 냄새와 연기가 피어오른다.

그그궁―

또 한 번 석실 문이 열렸다.

무림인들은 등줄기가 오싹하게 일어서는 느낌을 받았다.

다르다.

크흐흐흐―

흐흐흐흐―

괴이한 울부짖음이었다.

눈을 희번덕이며 상대를 면밀히 살펴보는 것이 짐승처럼 달려들기만 했던 전의 녀석들과는 다르다는 것을 직감할 수 있었다.

사모주운은 긴장한 그들의 모습이 통쾌한 듯 웃어젖혔다.

"크하하하!! 우리 문파의 비술들을 벌레 보듯 혐오하던 네 놈들의 목줄을 물어뜯을 그날을 얼마나 기다려 왔는지 모를 것이다!"

"이 배신자!"

"배신? 우리 사이에 배신할 의리가 있긴 했는가!? 암! 없고말고!! 너희들의 멸시 속에 살아온 우리 모산의 힘을 오늘 보여주겠다!"

쾅!—

그는 곧이어 석실 문을 열고 닫을 수 있는 장치를 부숴 버렸다.

석실 문은 굳건히 닫힌 채 더 이상 열리지 않을 것이다.

"쳐라!"

사모주운의 외침에 시강시들이 아수라장 속으로 몸을 날렸다.

그야말로 독 안에 든 쥐 사냥이었다.

"크앙!"

"끼아아!"

새로운 시강시들은 놀랍게도 생전 그들이 익혔을 무공을 쏟아내 방금 전의 시강시들과는 차원을 달리했다.

펑!!

"끼에에!"

장력을 날리면 그에 반발해 썩은 몸뚱이같이 제 팔 또한 찢겨져 나갔지만 시체인 그들은 그런 것조차 개의치 않았다.

팔이 떨어져 나가면 다리를 휘둘렀고 다리가 떨어져 나가면 짐승처럼 이빨을 들이댔다.

몇몇 이들은 생전 그대로의 모습을 가지고 있어 그를 알아본 자들은 반격다운 반격 또한 하지 못하고 차가운 주검이 되었다.

"혈사대!! 녀석들을 피 곤죽으로 만들어 버려라!"

"명을 받듭니다!"

진혈대마와 혈악귀도의 명을 받든 혈사대와 사대호 또한 싸움에 가세했다.

그나마 조금은 버틸만 했던 싸움의 기세였으나, 사대호와 혈사대까지 가세하자 문파들의 기운이 모래성처럼 무너져 버렸다.

"하하!"

쾅!

"크헉!"

영충선제와 백 총수에게 손발이 묶인 마교의 두 교주 대신 싸움에 가세한 사대호는 손속에 정을 두지 않았다.

"어찌 당신들이!"

"닥쳐라!"

게다가 내력이 소진되기 시작하는 기점에 다다르자 사상자는 기하급수적으로 늘어났다.

"크악!!"

"이, 이리 허무하게!"

"주천련 네놈을 절대!!"

정말이지, 살아 나갈 구멍이 있을 수가 없었다.

"희망이 없다면, 그리고 살아남을 의사가 없다면 아예 전부 사라져 버리는 편이 나을 것이다."

주천련은 그들에게 아무런 희망을 주지 않을 생각이었다.

살아남을 구멍 하나 없이 절망 위에 절망을, 그 위에 또 다른 절망을 주어 모두를 죽음이라는 구렁텅이에 몰아 넣고 있었다.

퍼엉—!!

"질기구나, 개방의 개야!!"

"닥쳐! 네놈만은 꼭 죽이고 말겠어!!"

어지럽게 주먹을 교환하며 제 편이고 나발이고 방해되는 것은 전부 때려잡는 백 총수와 혈악귀도.

"너희 마교는 역시 악이다!!"

"우리가 어디서 태어났는지 그것부터 알거라!"

아슬아슬한 한 수를 번갈아가며 싸워 나가는 진혈대마와 영충선제도, 이대로 가다간 모든 이가 살아 내일의 태양을 바라보지 못할 것이다.

“주천련이 배신하다니! 소소, 나갈 수 있는 길은?”

콰악!

달려드는 시강시의 몸뚱이를 잡아 던져 버린 벽진이 소소에게 소리쳤다. 자신들 또한 아무 의심 없이 식사를 들었으니 내공이 점점 소진되고 있었다.

‘길어봐야 반 시진이다.’

소예령을 지키는 것이 가장 중요하기에 싸움에 나서지 않아 아직은 버틸 만하지만, 장내의 이들이 전부 죽고 나면 다음엔 자신들이 모두를 상대해야 했다.

어떤 수를 내야 하는 건 분명했다.

“나갈 수 있는 길이 있을 리 없잖아! 저 석문 하나뿐인데 지금으로썬······.”

“젠장!”

석실 문을 부수는 건 내력이 온전해도 불가능했다.

두께는 자그마치 어른 팔보다 두꺼웠으며, 쇳덩이에 가깝도록 단단하다 하여 철석이라고 불리는 문. 외부의 침입을 막기 위해 만들어진 단단한 그 문이 지금은 모두를 죽음에게서 벗어날 수 없도록 하는 절망의 문이 되었다.

"남은 내력을 쏟아 부어서라도 내가 열겠다! 소소, 길을 열어줘!"

"해볼게!"

두 사람은 재빨리 석실 문을 향해 내달렸다.

막아서는 시강시들은 그들의 상대가 되지 못했다.

벽진은 곧바로 석실 문에 두 손을 얹고 밀어내기 시작했다.

소소는 그런 그에게 달려드는 시강시들의 목을 쳐냈다.

"우오오오오!!"

벽진의 팔뚝에 굵은 핏줄이 튀어 올랐다.

드드드—

조금씩 석실의 문이 움직이기 시작한다.

"어딜 가느냐?!"

벼락이 떨어진 듯 큰 폭음과 함께 예불계의 신형이 벽진을 들이받았다.

"벽진! 피해!!"

퍼엉!—

소소의 외침에 벽진은 급히 몸을 틀어 예불계의 장력을 쳐올렸다. 하지만 그것이 다다.

예불계와 함께 달려든 사마진의 일장은 그의 옆구리를 제대로 강타했다.

펑!

"큭!"

소소가 재빨리 검을 뻗어 연달아 장력을 뻗어내려던 예불계와 사마진을 뒤로 물렸다. 동시에 벽진이 바닥을 내려쳐 커다란 돌덩이를 날렸다.

펑!

돌덩이를 쳐낸 사마진과 여불계 눈앞에 소소가 날아들었다.

팍!

그녀의 검이 아슬아슬하게 사마진의 이마를 스쳤다.

"……!!"

사마진은 놀라 뒤로 물러섰다.

쾅!

여불계 또한 태세를 가다듬은 벽진과 몇 번의 장력을 주고받고 놀란 얼굴로 뒤로 물러섰다.

"…혈수마제의 제자들이라 역시 만만치 않구나."

"더러운 술수를 쓰지 않아도 될 것을."

"더러운 술수를 쓰는 편이 더욱 확실하지 않겠느냐."

여불계의 대답에 벽진은 인상을 찌푸렸다. 분명 그의 말이 맞다. 그렇지 않았다면 마교의 두 교주는 몰라도 사대호인 두 사람을 제압하는 건 가능했을 테니 말이다.

이를 문 벽진과 검을 다시 한 번 꼬나 쥔 소소의 귓가에 작은 목소리가 들렸다.

"벽진, 소소, 물러나라."

"……?"

이 목소리는?

목소리의 주인을 알아챈 벽진과 소소는 곧바로 몸을 날려 석실에서 떨어졌다. 시강시를 떨쳐 내던 소예령 역시 두 사람과 합류했다.

"문은 열지 못했나요? 나도 돕겠어요!"

소예령의 다급한 외침에 벽진은 고개를 저었다. 그리고 안도의 한숨을 내쉬었다.

"그럴 필요 없을 것 같습니다, 낭자."

스아아아아아!

곧이어 엄청난 기운이 석실 문 뒤에서부터 뿜어져 나왔다.

"키에?!"

"뭐, 뭐지, 이 기운은?"

"서, 설마……?!"

미쳐 날뛰던 시강시들도, 피 터지게 주먹을 주고받던 백 총수와 혈악귀도도, 영충선제와 진혈대마도,

"…정말 와버렸군."

그리고 무심히 무림인들이 죽어 나가는 것을 내려다보던

주천련도 크게 울리는 문으로 시선을 향했다.

콰앙—!!

거대한 벼락이 땅에 꽂히는 폭음과 지축을 흔드는 충격과 함께 절대 열리지 않을 것 같던 석실 문이 두부처럼 부서져 내렸다.

"문이 부서졌어?!"

모두가 놀라 굳은 가운데 자욱한 돌먼지 뒤로 한 사내가 나타났다.

第五十章
대립

劍舞 진소월

"흠……."

주천련은 안으로 들어선 사내를 보며 놀랐다는 듯 입을 열었다.

"무당에서 예까지 정말 올 줄은 몰랐다."

"그렇습니까?"

무심한 대답으로 주천련의 이맛살을 찌푸리게 한 사내는 곧바로 자신을 멀뚱히 바라보는 소예령에게 다가섰다.

"아가씨, 무사하십니까."

"소월……."

그녀는 놀란 두 눈을 깜박였다.

무당에서 이곳까지의 거리는 사람이 급히 달린다 하여 올 수 있는 거리가 아니었다. 말을 타고 내리기를 반복해도 며칠이 걸릴 길인데…….

"게다가 분명… 저 뒤로는 수백 명의 시강시가 있다고."

"…물러서심이 좋을 듯합니다."

소예령의 걱정스런 물음에 소월은 수목 같은 미소로 답했다.

"아, 그래요."

소예령은 자신이 여인의 연약한 모습을 드러냄에 또 한 번 놀랐다. 자신의 옆을 지나치는 소월의 눈동자에서 소예령은 촉촉한 무언가가 그렁거리는 것을 보았다.

'설마… 눈물?'

"소소, 벽진, 괜찮은 건가?"

"올 줄은 몰랐지만… 와주어 다행이로군. 사부님에게서 붉은 전서가 도착했다. 그분의 신변에…….'

"괜찮을 것이다."

소소 역시 소예령과 같은 것을 본 듯하다.

"소월, 당신은 괜찮은 거예요?"

이번에도 소월은 별말없이 미소 지었다.

"이제 그걸 확인해 봐야겠지."

슥—

"크릉."

사내가 아수라장인 싸움터로 한 발 디뎠을 뿐인데 이빨을 들이대며 주변을 에워쌌던 시강시들이 놀라 뒤로 물러섰다.

"비켜라."

좌악—

그의 한마디에 어지럽게 검이 부딪치고 피가 튀던 아수라장의 싸움터가 순식간에 두 쪽으로 썰물 빠지듯 갈라져 버렸다.

"어?"

"으응?"

싸움터에 자리한 모두가 어안이 벙벙한 표정으로 소월을 돌아봤다.

"이게 무슨……."

"분명 무언가가 날… 밀어냈는데……."

자신의 앞에 날아든 거대한 압박에 저도 모르게 검을 거두고 뒤로 물러난 것이었는데 이런 형국이 되다니…….

갈라진 길을 따라 소월이 한발 한발 내디뎌 주천련을 향했다.

'넓다. 마치 태산을 바라보는 것 같아.'

　앞에 선 소월의 뒷모습에서 소예령은 저도 모르게 감탄을 내뱉었다.

　"왜 그리하였습니까?"

　싸움터를 단숨에 제압해 버린 소월은 주변을 에워싼 적들에겐 눈길 한번 주지 않았다. 다만 다가서는 자신을 뚫어지게 바라보는 주천련을 향해 나직이 한마디 건넬 뿐이었다.

　"왜 그리하였나라……."

　주천련의 입꼬리가 올라섰다.

　"왜 그랬는지 내가 너에게 말할 이유라도 있는가?"

　"없습니다."

　"그럼 그렇게 만들 힘은 있느냐?"

　"있습니다."

　소월의 거침없는 대답에 모두가 자리에 굳어 놀란 얼굴로 두 사람을 번갈아 쳐다보았다.

　불편한 기운이 두 사람 사이에 흐르는 것 같아 누구 하나 선뜻 앞으로 나서지 못했다.

　"젊은 놈! 기세는 인정하지만 너무 안이하구나!"

　그때 노한 목소리의 진혈대마가 소월을 향해 날아들었다.

　그 역시 소월의 기운에 살짝 놀라 뒤로 물러선 것에 화가 치밀었던 것이다.

　"진혈대마, 그만두어라! 그분은!"

"하아!!"

촤라락—!

소월을 알아본 혈악귀도가 급히 그를 말리려 했으나 이미 진혈대마의 주먹은 소월을 향해 내질러져 있었다.

팍!

검을 뽑아낸 소월은 그대로 자신을 향해 장력을 날리는 진혈대마에게 검을 내뻗었다.

슈아악—!

웬만한 검이라면 진혈대마의 강력한 장력에 산산이 부서져 뽑아 든 자를 절명시킬 것이었으나 소월의 손에 쥐어진 칼은 태하의 명검.

게다가 단순히 검을 뻗은 것으로 보이는 소월의 공격엔 멸절검기의 기운이 담겨져 있었다.

퍼엉!

소월의 검과 진혈대마의 장력이 부딪치자 커다란 폭발음이 터졌다.

"크윽!"

소월의 검은 위력적이라 팔을 뻗어낸 진혈대마의 어깨뼈까지 틀어박혔다. 그는 깊숙이 박힌 검을 비틀었다.

뜨득!

"크윽!"

"교주님!"

단 한 수에 진혈대마가 부상을 입자 놀란 혈사대가 소월에게 덤비려 했으나 소월이 그것을 허락할 리 없었다.

푸슉!

"크읍! 네놈!!"

진혈대마의 어깻죽지를 비틀어 빼낸 검을 그대로 그의 가슴팍을 쳐 날려 버린 소월이 달려드는 혈사대 위로 몸을 띄웠다.

쿠그그그그—!

머리 위로 뻗어 오른 그의 다리에서 엄청난 압박감과 마기가 뿜어져 나왔다. 두려우면서도 눈을 뗄 수 없게 만드는 아름다운 모습이었다.

빛이 뿜어져 나오고 시간이 멈춘다.

소월의 외침이 터졌다.

새로운 싸움의 시작을 알리는 멸의 무공이 시전됐다.

"멸마각!!"

콰과쾅—!!

"크아악!!"

살을 찢을 듯한 광풍이 터지고 달려들던 혈사대들은 그대로 피 곤죽이 되어 하늘을 날았다.

쉬아악! 파방!

엄청난 폭음 뒤엔 바닥에 거대한 멸(滅) 자가 새겨져 있었다.

턱—

끼드득—

곧바로 해골처럼 바싹 마른 시강시들이 내려선 소월의 주변을 둘러쌌다.

"크아아!"

"크흐흐—!"

하지만 이미 소월의 신형은 그곳에 있지 않았다.

파앗—!

"……?"

사람이 이다지도 빠르게 움직일 수 있는가?

일반 고수들의 움직임과는 차원이 달랐다.

쩌억—!

번쩍하는 순간 그의 손에 들린 검은 자신들이 쩔쩔매던 시강시들을 반 토막으로 만들어 버렸다.

"크엑!"

"끄아!"

스악! 스삭!!

공간이 잘리고 바람이 뿜어져 나간다.

영충선제를 비롯한 구대문파의 수장들에게서 절로 탄성이

터져 나올 정도의 무공.

"멸의… 무공……. 이 정도로… 가공할……."

"저런 자에게 우리가 맞서려고 한 것인가?"

그들과 다르게 주천련엔 입꼬리에 웃음을 걸었다.

"쓸 만하군."

부우우—

절대 일어나지 않을 것 같던 그가 의자에서 몸을 일으켰다.

퍼엉!

주천련 또한 하늘 위로 날아올랐다.

그가 도약한 바닥엔 움푹 파인 발자국만이 남았다.

"주천련이 나섰다!"

부상 입은 진혈대마를 안고 혈악귀도가 멀찌감치 뒤로 물러섰다. 피 곤죽이 되지 않고 살아남은 혈사대 또한 급히 뒤로 물러섰다.

그들은 알고 있었다.

주천련의 싸움에 휘말리면 살아남을 수 없다는 것을 말이다.

"하압!"

소월이 기합을 내질렀다.

쾅—!

그 순간 소월의 내력이 폭발했다. 소월은 엄청난 기운을 담은 태하의 검을 내질렀다.

“호기는 있구나!”

주천련은 그것을 피하지 않았다.

“뇌장(雷掌)!”

슈아아!

그는 말 그대로 벼락같은 일장으로써 소월의 검을 맞받아
쳤다.

주천련의 주먹이 검기와 맞닥뜨렸다.

쾅—!!

귀를 찢는 폭음이 사방에서 터져 나왔다.

“으아악!”

“자, 잡아!”

엄청난 압력을 이기지 못한 부상당한 이들은 그 자리에서
멀찌감치 날려가 버렸다. 절대 닿지 않을 것 같은 높은 천장
또한 부서져 바닥으로 수백 개의 기왓장을 떨어뜨렸다.

카앙!

천장 위에서 두 사람이 격돌했다.

캉! 캉! 캉!

마치 하늘에 떠 있는 자들처럼 두 사람은 내려올 생각을 하
지 않았다.

탁—

먼저 자리에 떨어진 것은 소월이었다.

촤악!

그의 몸은 이미 너덜해진 외투를 걸친 것 같았다.

군데군데 잘게 베인 상처들에서 피가 흘러내렸다.

팟—!

소월은 머리 위로 떨어지는 기왓장을 주천련에게 차 날렸
다.

"이런 잔재주는 주가에게나 써먹거라!"

하나, 기왓장은 주천련의 근처에도 가보지 못하고 가루가
되어 터져 나갔다.

팡! 팡! 팡!

그로부터 몇 번이나 소월은 기왓장들을 차 날렸다. 막아서
는 주천련이 짜증을 내려는 찰나,

소월의 눈에선 형형한 마광이 폭사되었다.

"멸절지공탄."

피슝!

사람의 눈을 의심하게 한 것은 그것의 위력도 위력이지만
지풍의 속도였다. 소월이 뻗어낸 지풍의 속도는 실로 믿을 수
없을 지경이었다.

"……!!"

기왓장을 날리는 소월의 공격에 비웃음을 보이던 주천련

또한 그것을 알아채지 못했다.

펑!

"큭!"

가슴팍의 뼈를 때리는 아픔을 느끼고 뒤로 서너 발자국을 물러나서야 자신이 소월의 술수에 걸려든 것을 깨달을 정도였다.

하지만 무당에서 보여준 엄청난 위력의 멸절지공탄도 주천련의 몸에 커다란 상처는 내지 못했다.

"흐음."

붉게 달아올라 피를 흘려내는 가슴팍을 어루만진 주천련의 입가에 비릿한 조소가 피어올랐다.

보는 것만으로도 살이 떨리는 대결이었다.

정작 두 사람은 여유로워 보였다.

"크하하하! 재미있군."

주천련이 호탕하게 웃었다.

"하하하!!"

그것은 소월 또한 마찬가지였다.

"크하하하!"

"하하하!!"

두 사람의 웃음이 장내를 가득 채운다.

"……"

주천련은 돌연 웃음을 멈추곤 크게 소리쳤다.

"이번엔 내 차례로구나!!"

주천련의 우수와 좌수가 합쳐지자 엄청난 기운이 터져 나왔다.

쿠구구궁—

소월은 주천련에게서 지독한 마기를 느꼈다.

'이 기운, 위험하다.'

멸의 비급을 익힌 그로서도 처음으로 느껴보는 지독한 마기. 주변에 퍼져있는 살기 따윈 흔적초차 없이 사라질 정도였다.

"벽진, 소소, 아가씨를 모시고 피해!"

"멸을 이어받은 아이야! 전력을 다하는 게 좋을 것이다!"

소월의 다급한 외침에 소소와 벽진은 그대로 소예령을 안고 멀치감치 떨어졌다. 백 총수와 다른 이들 또한 급히 몸을 물렸다.

동시에 주천련의 무공이 발동됐다.

"뇌전지천파(雷電地天破)!!"

쿠아아아아아—!

광포한 기의 폭풍!

주천련의 손에서 쏘아진 마기의 위력은 산을 허물 정도였다. 저곳에 휘말린다면 그 어느 것도 뼈를 못 추리리라.

“멸천격지세(滅天擊地勢)!!”

슝! 슝! 슝!!

소월 또한 지지 않고 검강을 쏟아냈다. 그가 쏘아낸 검풍과 주천련이 쏘아낸 기운이 정면으로 부딪쳤다.

콰과과광―!

커다란 여파에 주변 기둥들이 무너져 내렸고, 바닥은 갈라져 내렸다.

콰지직!

폭음은 이어지고 이어 허공이 갈라졌다.

뜨거운 열기가 사방으로 퍼져 나갔다

“크……”

피부가 뜯길 정도로 타오르는 열기였다. 간신히 검풍과 맞붙어 주천련이 내뻗은 장력을 와해시키긴 했으나 그것이 끝이 아니었다.

“크하하!”

주천련은 뭐가 그리 기쁜지 크게 외쳤다.

“그럼 이건 어떠냐!!”

주천련의 손짓에 거대한 기운이 소예령을 향해 날아들었다.

“아가씨!”

소월이 잠시 한눈을 판 순간, 주천련의 뇌장이 소월의 가슴을 후려쳤다.

펑!

“크윽!”

짧은 비명이 넓게 퍼졌다. 피하고 어쩌고 할 사이도 없을
만큼 빠르고 강한 타격인지라 그 위력을 고스란히 받아내야
했다.

“소월!!”

소월은 목구멍을 역류하는 피를 억지로 삼켜야 했다.

“이건 더 따끔할 것이다!”

쉴 틈도 주지 않겠다는 듯 주천련은 연달아 손을 뻗었다.

“뇌락(雷落)!”

이어 한줄기 벼락이 소월이 들고 있는 검을 강타했다.

“크윽!”

뜨득—!!

손바닥이 터지지 않으려면 검을 놓아야 했다.

검을 놓은 소월은 고통의 신음을 흘리며 뒤로 물러섰다.

치이익—

그의 가슴에서 연기가 오르며 살이 타는 냄새가 났다.

“뇌장!!”

주천련의 손에서 또다시 수십 개의 장력이 쏟아져 내렸다.

파바박!

“멸절쇄파!!”

소월이 바람을 가르며 검게 변한 손을 내질렀다.

쩌엉!

쇳소리를 내며 주천련의 뇌장이 소월의 몸을 강타했다.

부우웅—!

몸이 크게 흔들렸지만 소월은 이를 악물고 참았다.

콰드드드—!

지축이 흔들리며 땅이 헤집어졌다.

멸절강기로 몸을 보호해야 했기에 주천련에게 반격의 한 방을 날릴 틈도 없었다.

“끝이다!”

마지막 결정타를 날릴 심산으로 주천련은 몸을 띄웠다.

‘고작 이 정도란 말이냐! 주가!’

피이잉!

“……!!”

“……?!”

순간, 듣는 것만으로도 소름 돋는 청량한 바람이 두 사람 사이를 지나쳤다.

동시에 주천련이 달려들던 자리에 수십 개의 검기가 쏟아지듯 내리꽂혔다.

쾅—!! 콰과광!

“……!!”

“……?!”

놀란 두 사람은 물론이요 자리에 모든 이들이 검기가 날아
든 방향으로 고개를 들었다. 두 사람의 싸움으로 뚫려 버린
천장 위로 한 사내의 모습이 비춰졌다.

“뱀이로구나!”

모두를 위에서 차가운 표정으로 내려다보는 사내는 웃었
다.

킥—

“내가 어떻게 이곳에 있는지 궁금한 모양이로군.”

“…모용비.”

천장에서 모두를 바라보는 얼음장 같은 사내는 바로 모용
비였다. 소월은 이미 앞서 모용비를 본 터라 놀라움이 덜했지
만 주천련은 달랐다.

“천풍선은 내 생각보다, 그리고 당신 생각보다 꽤 편리한
무구더군. 이곳까지 오는 데 많은 내력을 낭비하지 않고도 다
다를 수 있었다.”

“무당에서의 일이 실패했을 터이니 진가 녀석이 이곳에 있
는 것일 테지만… 네 녀석까지 이곳에 있다는 것은… 무당에
있던 천풍선의 덕. 그렇다는 것은 귀검과 백림자수, 그리고
천풍선… 천의 무구를 모았다는 것이로군!”

"천의 무구?"

살아남은 자들이 모두 술렁이기 시작했다.

"천의 무구라면……."

낯빛까지 변한 서태자명의 중얼거림에 영충선제가 침울한 목소리로 말을 이었다.

"술자를 잠식함으로써 천하를 쥘 수 있는 힘을 주는 귀신이 만들어낸 무구. 그것은 멸의 비급에 대항할 수 있는 유일한 타계책."

멸의 비급에 맞서기 위해 자신들의 윗대가 제작한 저주받은 무구.

그렇다는 것은 모용비 또한 마교의 인물이란 말인가?

"모용비, 이리 내려오라. 천의 무구를 한번 시험해 보도록 하겠다."

주천련의 말에 모두의 얼굴이 사색이 되었다.

그야말로 제 수족을 부르는 말투 아닌가.

설마 주천련의 명에 따라 모용비가 천의 무구를 모아온 것이란 말인가?

'아니, 그는 진심으로 마교를 증오하는 사내다.'

모두가 불안해하는 가운데 소월만은 달랐다.

"내가 어째서 천의 무구를 이 몸이 되어서까지 모았는지 너는 아느냐?"

모용비의 그 말은 분명 자신이 모은 그 천의 무구가 마교를 위한 것이 아님을 말하는 것이었다.

"……."

"무엇 하느냐. 어서 모아온 천의 무구를 가지고 내려오라."

"킥."

소월의 예상은 맞아떨어졌다.

모용비는 주천련의 물음에 답하지 않았다.

그저 싸늘한 눈초리로 그를 응시할 뿐이었다.

"…네놈… 설마……?"

"당신이 찾는 이가 없어 이상한가?"

주천련의 눈이 가늘게 떠졌다.

그가 낮은 목소리로 입을 열었다.

"…비악선려는 어디 있지?"

킥―

모용비는 대답하지 않았다.

대신 제 옆에 힘없이 축 늘어진 무언가를 들어 땅으로 떨어뜨렸다.

털썩―

볼 것도 없이 떨어진 여인은 시체가 된 비악선려였다.

"알고 있었다. 당신이 나를 감시하기 위해 붙여놓은 첩자라는 것을. 결국 여자는 끝내 나를 믿고 모든 걸 말해주었다. 네가 나를 이용해 천의 무구를 완성시켜 가지고 가려고 한 것까지도 말이다."

주천련의 입가가 비릿하게 변했다.

"내가 천의 무구를 쓸 수 없지. 말 그대로 마물이니까. 크크, 하지만 뜻밖의 지원자가 나왔으니 반길 일 아닌가."

"……"

모용비는 비악선려가 자신의 금제를 풀어준다며 접근했을 때부터 눈치채고 있었다.

"난 천의 무구를 모아 내 것으로 만들었다. 과연 사용자의 목숨을 담보로 하는 위험한 신물. 첫 번째 제물로서의 이용 가치가 끝난 여자의 목숨을 거뒀다."

"크크크, 제법이로구나. 내 친히 팔다리를 잘라내 천의 무구를 받아가마."

"사양한다."

획―

짧게 말을 마친 모용비는 그대로 그곳에서 모습을 감춰 버렸다.

별다른 행동도 취하지 않았다.

마치 누군가를 약 올리기 위해 얼굴만 내비치고 가는 식이었다.

"이… 버러지 같은 놈이!"

주천련의 얼굴이 처음으로 붉게 물들었다.

그가 다시 정신을 차렸을 때는 자신을 압박하는 엄청난 기운을 잡아놓고 있는 소월과 눈이 마주했을 때다.

드드드—

소월은 잡아 든 검을 검집에 꽂아 넣은 채 자신을 응시하고 있었다.

"검을 집어넣다니 미쳤구나."

말은 그리했으나 알 수 없는 엄청난 기운이 느껴지기에 주천련은 저도 모르게 말끝을 살짝 떨었다.

"저것은?"

벽진과 소소 또한 소월의 자세에 놀란 표정을 감추지 못했다.

"저건 태하의……."

벽진은 꿈을 꾸고 있는 듯 했다.

드드드드—

태하의 검은 검집 안에 기운을 담아두는 일을 가능하게 했다. 태하의 검기가 무적인 이유는 그 오랜 시간 동안 기를 축적해 놓았다 한번에 방출시키기 때문이기도 했다.

"당신을 날려 버리기 전에 물어볼 것이 있소."

"…네가 날 날려 버린다고 했느냐?"

"내 죽은 아비를 그리 만든 것이 네놈의 짓인가?"

"내 선물이 꽤 마음에 들었나 보군. 거기서 네가 미쳐 버렸으면 제이의 파황군이 탄생하여 내가 직접 손쓸 일도 없었을 텐데, 아쉽구나."

"…그랬군."

파앗―!

순간 소월의 몸이 지붕 위로 올라서 하늘을 날았다.

절대 불가능해 보이는 높이였다.

"받아보아라."

그것이 소월이 태하의 검을 선택한 이유, 바로 지금 검집에 달린 삼족오의 날개가 붉게 변하는 순간이 모든 것을 쏟아낼 수 있는 순간이었다.

"이것이 바로 멸풍."

팅―!

소월의 검지가 검을 팅기자 청아한 소리가 퍼졌다.

스칵―!

연이어 그의 검이 커다란 궤도를 그렸다.

공기가 찢기고, 빛이 사라지고, 시간이 멈췄다.

구름은 날아가고 모래폭풍은 하늘로 올랐다.

콰앙―!!

멈췄던 시간은 시야를 가렸던 지붕이 산산조각 나며 풀려
버렸다.

"피해라!!"

"아가씨! 이쪽으로!"

"백 총수!"

"……!!"

두 사람으로부터 멀리 있던 모두가 놀라 하늘로 비상하면
서 멀찌감치 떨어졌다.

콰아아아앙—!!

"무, 무슨 이런 말도 안 되는 기운이……."

멀찌감치 떨어져 검풍에 의해 지붕이 송두리째 날아가는
것을 보며 영충선제가 넋 나간사람처럼 중얼거렸다.

이미 무림맹의 거대한 전각은 더 이상 그 모습이 남아 있지
않았다.

쉐아아아!!

살아 있는 모든 것을 그대로 베어버릴 엄청난 검기는 주천
련을 향해 날아들었다.

주천련의 눈이 부릅뜨였다.

경악과 놀람, 그리고 충격이 그를 감쌌다.

"이것이 멸의 힘이더냐!!"

주천련은 급히 몸을 틀며 온 힘을 다해 쌍장을 뻗었다.

콰앙—!

멸절지공탄을 받아냈음에도 별다른 타격을 받지 않았던 주천련이지만 소월의 검기를 받아내자 뱃속을 뒤집는 충격이 온몸을 감싸 안았다.

"크윽!!"

주천련은 저도 모르게 신음을 흘렸다.

서걱—

살이 베어지는 소리와 함께 주천련이 뒤로 물러섰다.

그의 가슴팍에 커다란 상처가 남았다.

허연 뼈가 드러날 정도로 깊게 베인 상처였다.

"크, 크하!"

소월이 뽑아낸 검기는 서늘한 바람을 지켜보는 이들의 가슴을 얼려 버릴 정도로 강력했다.

"이게 정녕 사실이란 말이지? 이미 기력이 쇠하여 있었음에도 이 정도 위력이란 말이지?"

가슴팍에서 흘러내리는 피와 상처를 바라보던 주천련이 돌연 미친 사람처럼 크게 웃어젖혔다.

"크하하하하! 하하하하하!! 정녕 멀쩡한 정신으로 멸의 비급을 여기까지 끌어냈단 말이더냐!"

크게 웃어젖힌 주천련은 몸을 뒤로 날렸다.

자신이 싸움에 져 물러난다는 것을 그는 순순히 인정했다.

"그래, 이쯤에서 물러서도록 하지. 멸의 비급! 과연 명불허전이로세! 그래, 끝까지 가도록 하자. 패격의 왕이 될 자, 내가 그대를 가장 먼저 상대하게 되었구나!"

그를 따라 두 교주와 사대호, 그리고 모산파의 장문인, 살아남은 혈사대까지 눈 깜짝할 새에 무림맹에서 자취를 감췄다.

"기다리고 있겠다. 그곳이 어딘지는 잘 알고 있겠지?"

그들이 사라진 곳에선 주천련의 음산한 음성만이 메아리치고 있었다.

그들이 사라지고도 한동안 모든 이들은 섣불리 나서지 못했다.

주변에 퍼져 있는 수십의 시체와 사투를 벌였던 시강시들을 보며 몸을 떨었다.

"이걸 보고 괴물이 괴물을 이겼다고 하는 건가."

"내가 두 눈으로 본 것이 정녕 무인 대 무인의 싸움이란 말인가? 이건 선인들의 싸움이라 해도 믿을 수 없을 정도로군."

"와아아—!!"

모두가 이 절망 같고 지옥 같은 대결에서 승리한 소월을 바라보았다.

그에게 가장 먼저 뛰어간 것은 소예령이었다.

"소월, 괜찮은 건가요? 아니, 다친 데는? 아니, 왜 위험하게 여기를! 아니, 그것이······.”

울먹임까지 담아 말을 하는 소예령을 보며 소월은 빙그레 웃었다.

“아가씨야말로 다치신 데는 없는지요?”

“덕분에요.”

“다행입니다. 이제야 아가씨와 백 총수님께 받았던 도움을 갚을 수 있게 된 것 같군요.”

“그런 말 말아요. 우리의 거래는 충분히 만족스러운 결과를······.”

스륵―

천천히 소월은 주저앉듯 소예령의 품에 쓰러져 내렸다.

“아, 저기······.”

잠시 말을 더듬으며 어찌할 줄 몰라 하던 소예령은 조심스레 그를 안아 들었다.

“······.”

그의 작은 숨소리, 만신창이가 되어버린 손, 그리고 자신을 두근거리게 하는 그의 심장 소리를 조용히 들으며 말이다.

“수고했어요. 그리고 고마워요.”

그녀는 조심스레 잠이 든 소월의 등을 쓰다듬었다.

第五十一章
각자의 각오

무림을 충격에 휩싸이게 한 주천련 사건이 일어나고 삼 일이 지났다.

무림맹주 주천련이란 구심점을 잃은 무림맹은 그저 갈팡질팡하고 있었다. 아무것도 정해지지 않았고 뭔가를 위한 대책 또한 마련되지 않았다. 그저 충격에서 벗어나지 못해 각 문파의 수장들은 그곳에 모여 한숨을 내쉬고 앞으로 다가올 일에 대한 두려움만 안고 있는 실정이었다.

"정신이 들어요?"

소월이 눈을 뜨고 처음 들은 목소리는 걱정 가득 담긴 소예

령의 목소리였으며,

"아……."

눈을 뜨고 가장 먼저 본 것은 눈가에 맺힌 물기를 닦아낼 생각도 하지 않고 자신을 내려다보는 그녀의 얼굴이었다.

"아가씨."

소월이 저를 부르자 소예령은 그제야 작은 미소를 걸었다.

그녀가 작게 투정부리듯 입을 열었다.

"도대체 얼마나 더 자야 속이 시원하겠어요?"

곁에 있던 백 총수가 그녀를 다독이며 말했다.

"아가씨, 자는 것 때문에 뭐라 하실 것까지는. 자고로 사람은 잠을 자야 그 기력이 회복……."

"쓥!"

획 고개를 돌린 소예령의 표정을 소월은 볼 수 없었다. 다만 허옇게 질려버린 백 총수의 표정만 볼 수 있었다.

잠시의 침묵을 소예령과 눈을 맞주치고 있던 백 총수가 버럭 소월을 향해 삿대질을 해댔다.

"진 공자, 이 사람 말이야! 아가씨가 얼마나 노심초사하고 계셨는지 알고 있는가! 이대로 잠에서 깨지 않을까 해서 말이야!"

이 사람, 지금 자신이 무슨 소리를 하는지 알지 못할 것이다. 계속해서 곁눈질로 소예령의 안색만 살피고 있는 것이 분명하니까.

"그런데 말이야, 자네는 근 삼 일 만에 일어나서 한다는 소리가 말이야! 어!"

"소리가……."

"… 그러니까… 그 소리가……."

그제야 정신이 들어섰는지 백 총수는 말꼬리를 흐리다 진중한 어투로 목을 가다듬고 소월의 손을 잡아 들었다.

"잘하셨습니다. 저도 진 공자님을 참 많이 걱정했습니다."

"……."

"……."

세 사람의 묘한 침묵 속에 시간이 또 흘러갔다.

조용한 침묵.

소월은 깨어났으나 그 누구도 선뜻 입을 열지 못했다.

스륵—

소월 옆에 앉아 있던 소예령의 고개가 조용히 수그러들었다.

새근거리며 내쉬는 작은 숨소리.

잠이 든 것이다.

백 총수가 잠든 소예령 어깨 위로 모포를 덮어주었다.

"내가 그리 걱정할 필요 없다고, 이미 공자님의 몸뚱이는 사람의 경지를 벗어났다고 그리 말씀을 드렸는데도 고집을 피우시더만. 이제 반대로 아가씨가 한바탕 주무시겠군.”

그녀를 내려다보는 백 총수의 눈빛이 따사롭다.

소월 또한 따사로이 그녀를 내려다보았다.

“아가씨를 편한 자리로 옮겨주시지요.”

“제가 보기엔 아마 지금 그 자리가 가장 편할 듯합니다. 허허.”

백 총수는 작게 웃었고, 그 안의 몇몇 이들 또한 그 웃음에 동조하듯 미소 지었다.

다만 소소의 눈빛만은 예사롭지 않았다.

소월은 그제야 자신을 걱정해 방 안에 자리하고 있는 사람들을 둘러보았다. 진백과 동료들은 물론이오, 화산의 영충선제, 어느새 기력을 회복한 장문태성도 자리하고 있었다.

소월이 자리에서 일어났다.

그리 격렬한 싸움을 벌였음에도 불구하고 그의 몸은 상쾌하다 못해 날아갈 듯했다. 자신을 괴롭히던 그 귀신의 목소리도 더 이상 들리지 않았다.

소월은 젤 먼저 벽에 기대어 있는 태하의 검을 잡아 들어 그에게 건넸다.

“태하, 잘 썼다. 명검이더군.”

“그런가?”

태하는 소월이 제 손에 그것을 돌려줄 때까지 마치 자신의 것이 아닌 양 있다가 검을 받아 들자 조심스레 쓰다듬었다.

그것을 지켜보던 진백이 두 사람 앞에 나섰다.

"야, 나도 한번 만져 보자."

"……."

태하가 별 말이 없자 진백이 부르르 떨었다.

"야, 너무하잖아! 소월은 만져도 되고 난 안 되냐?"

소월이 그를 제지했다.

"진백, 태하는 너를 무시해서가 아니라 너를 위해서 그러는 걸 거다."

"뭐?"

진백은 이해할 수 없는 표정을 지었다.

"저 검은 마치 천의 무구 중 하나인 귀검과 같은 것이야. 아니, 귀검이 저것을 본떠 만들어졌다고 해야겠지. 귀검은 선을 넘어버려 괴물이 되었지만."

검을 써본 자신이 가장 잘 알고 있었다. 귀검을 써보진 않았으나 분명 그것과 같은 것이다. 검을 소유한 자의 기력으로 살아가는 검, 생명을 담보로 잡아가는 검.

다만 태하의 검은 소유자를 제 손으로 지배하려 들지 않는다는 큰 차이가 있었다.

소월의 말에 진백은 태하에게서 스리슬쩍 떨어졌다.

"그럼… 저것도 지닌 사람을?"

"그 정도는 아니지만 지닌 자의 기력을 빨아먹으면서 사는
걸 거다."

진백의 표정을 보아하니 더 이상 태하에게 검을 가지고 칭
얼거릴 일은 없을 것 같다.

"무엇 때문에 그런 검을 지니고 다니는지 물어도 될까?"

"…사람을 살리는 데 필요한 힘이다."

"사람을 살리다니?"

"내 죽은 옛 부인이다."

"뭐야? 너, 혼인했어?"

진백은 오늘 몇 번을 놀라는지 모른다.

"주 노사를 따라다니면 분명 그 방법을 알 수 있을 것이라
생각했다. 그리고 그 또한 그 실마리에 데려다 주기로 했지.
나는 알다시피 그가 거둬준 중원의 사람이 아닌 고구려의 사
람이다. 아니, 이젠 고구려 사람이라 하기도 뭐하겠군. 왕의
보물을 훔쳐 이곳으로 온 나니까. 어찌 되었든 이번 무당과의
싸움에서 부인을 살려낼 수 있는 실마리를 얻었다."

"모산파 말인가?"

"그래. 완전하진 않지만."

"더 이상은 묻지 않도록 하지."

소월은 더 이상 그의 과거나 목적에 관해 캐묻지 않았다.
솔직하게 그가 자신의 입장을 말해준 것으로도 충분했다. 그

가 중원을 위해 나서줄 것을 강요하지도 않았다. 그는 언제나 제삼의 방관자가 되길 바랐다.

"진백 사부님에게서 다른 연락은?"

진백은 어깨를 으쓱여 보였다.

"분명 어디 숨이 붙어 고꾸라져 있는 건 확실해. 영감 곁에 늘 있는 녀석이 우리에게 안 날아온 걸 보면. 이것 참, 걱정이 되기도 하고 안 믿어지기도 하고. 그 영감이 당한다는 건 생각도 안 들잖아?"

소월 또한 고개를 끄덕였다.

"그래, 사부님이 안 좋은 상황인 것은 맞지만 그 정도까지는 상상조차 안 되는군."

하나, 분명 무슨 일이 일어난 것이다.

지금 시국에 혈수마제의 부재는 곤란하다. 무림에 맹위를 떨친 그의 존재가 무림맹으로 옮겨만 와준다면 그 무엇보다 큰 힘이 될 것이니까.

"소소와 벽진이 수고 좀 해줘."

"알았다."

"알았어요."

끝내 소월의 말에 고개를 끄덕이면서도 소예령을 바라보는 소소를 보며 벽진은 곤란한 표정을 지었다.

'여자란 참……'

　지금 소월의 모습은 부상 입어 쓰러진 자가 방금 일어나 할 애기들이나 취한 행동이라곤 전혀 생각지도 못하게 했다. 그의 처리 능력은 그야말로 일사천리, 거침이 없었다.

　마치 이날을 예상하고 준비해 온 사람처럼 말이다.

　소월은 이번엔 무림맹을 이루고 있는 세 사람을 바라보았다.

　"백 총수님, 영충선제님, 그리고 장문태성님. 지금 무림맹의 상태는 어떻습니까?"

　그 말에 백 총수가 인상을 찡그리며 손사래를 쳤다.

　"말도 말게. 분명 전멸은 피했지만 상황은 그에 못지않게 최악이네. 자네가 와주지 않았다면 이 정도도 안 되었겠지만."

　"알 것 같습니다."

　이번엔 장문태성이 물었다.

　"그나저나, 이제 어쩔 셈인가?"

　"저는 어찌할지 이미 정했습니다. 여러분이 하시고자 하는 것은 여러분이 결정하셔야겠지요."

　소월의 그 말에 문밖으로 나서던 영충선제가 웃었다.

　"허허, 과연 그러한가?"

　그의 웃음이 무엇을 말하는지 그 안에 있는 자들 또한 알고 있었다.

“오늘도 푹 쉬어두게. 조급해할 필요는 없겠지. 마고 또한 우리와 별반 다르지 않은 타격을 입었을 것이네. 그들이 이곳을 치려고 했다면 그것이 오늘이나 내일이나 달라질 것은 없으니까. 내 내일 오전 모두가 모일 수 있도록 하겠네. 그때 그 뜻을 전하게나.”

“알겠습니다.”

소월과 영충선제는 서로가 무엇을 원하는지 알고 있었다.

그리고 서로가 얼마나 깊은 호수 같은 사람인지도 말이다.

밖으로 나선 영충선제는 묘한 기분에 사로잡혔다.

그는 고개를 들어 하늘을 보았다.

어두운 하늘 위로 별들이 반짝인다.

하나, 그 어떤 별의 반짝임도 달에 견줄 순 없었다.

“큰 그릇이고 태산이로구나. 주천련이 말한 패격의 왕이 틀리지 않도다.”

영충선제의 나직한 중얼거림이 바람을 타고 흩뿌려져 내렸다.

다음날 아침 영충선제의 전언에 따라 모든 이들이 무림맹으로 다시 걸음을 옮겼다.

물론 사투를 벌였던 맹주의 영접실로는 모이지 않았다.

“당장에 쳐들어가야 하지 않겠습니까?”

“뭔 수로 쳐들어간단 말이오? 여기… 이리 된 이들을 보고도 그런 소리가 나오오.”

여론은 반반이었다.

당장에라도 마교로 쳐들어가야 한다는 쪽과 우선 체제를 가다듬고 추이를 지켜봐야 한다는 쪽.

“그럼 여기서 앉아 기다립니까?”

금방이라도 뛰쳐나갈 듯한 분노를 담은 목소리였다.

“아무래도 체제를 다지고 가는 편이…….”

“그때까지 마교는 놀고 있답니까?”

그러자 또 한 자가 목총을 크게 높였다.

“선수필승이란 말도 있지 않소. 놈들이 물러서려 할 때에 목을 물어버려야 합니다!”

그러자 답답하다는 듯 반대쪽에서도 목청 큰 소리가 터졌다.

“그 목을 물어뜯을 아가리가 없다는 거 아뇨!”

“아니 근데 왜 신경질을 내시오!”

“그쪽이야 멀찌감치 떨어져 제들 살기 위한 방어진만 구축했으니 사상자도 없고. 이 분노를 알 리가 없지!”

“뭐라고? 지금 말 다 했소?”

“다 했소! 내 틀린 말 했소? 내 두 눈으로 다 본 사실을 왜 말 못하오!”

“아니 근데!!”

“뭐!!”

이것이 진정 무림맹에 입성할 수 있는 명문정파와 정도를 가겠다고 가슴속에 대의를 품은 자들의 대화인가. 물론 소림을 비롯한 구대문파와 이름있는 자들은 멀찌감치 떨어져 그들과 말을 섞지 않았다.

패를 나누는 것이 아닌, 그들의 대화 수준에 도저히 장단을 맞출 수 없었기 때문이다.

서태자명이 이 상황을 바라보는 소월에게 다가왔다.

“당신은 어찌하시겠소?”

“왜 그것을 저에게 묻습니까.”

소월의 반문에 서태자명은 그를 빤히 바라보았다.

몰라서 묻느냐는 표정이다.

“그럼 이 상황에 달리 물어볼 이가 있겠소?”

모두가 대화를 멈추고 서태자명과 소월을 돌아보았다. 소월은 망설임없이 답했다.

“저는 삼 일 후에 곧장 마교로 향할 생각입니다.”

“그렇지!”

“아니… 저 사람이………”

한쪽은 울상이 되었고 한쪽은 주먹을 불끈 쥐었다. 하지만 이어진 그들의 대화에선 그 누구도 동조할 거리를 찾지 못했다.

"그럼 삼 일 후에 누구를 데려갈 것이오?"

"누구도 데려가지 않습니다."

"혼자 가겠단 말이오?"

서태자명은 의아함을 담은 표정을 풀지 않았고 소월은 웃었다.

"제 일행만 가면 됩니다. 그러기 위해 있는 이들이니까요. 솔직히 말해 여러분은 방해만 됩니다."

그 말에 모두의 얼굴이 붉게 달아올랐다.

"혹시나 했는데 오만방자함이 하늘을 찌르는구나!"

"저, 저런……."

"뭐? 방해? 보자 보자 하니까!"

분개의 화살이 소월에게 쏘아지려는 찰나, 영충선제와 장문태성이 그들 앞에 나섰다.

장문태성이 한심하다는 듯 그들을 쏘아보며 입을 열었다.

"자네들은 아직도 모르겠나. 그대들의 희생을 줄이기 위해 그가 짐을 짊어진 모습이? 성을 내기 전에 다시 한 번 생각해 보게나."

두 사람이 나서자 불같이 뻗어오를 것만 같았던 그들의 화가 누그러드는듯했다.

"하지만 굳이 그리 말할 이유는 없지 않았습니까."

그 말에 이번엔 영충선제가 입을 열었다.

"그리 말하지 않으면 쓸데없는 의협심과 복수심으로 가겠다고 난리를 쳤겠지. 그 결과 예전의 우리는 이 모양이 되었고."

"……."

그 누구도 대꾸하지 못했다.

조용한 정적이 모두를 집어삼켰다.

불과 사흘 전 있었던 일을 까맣게 잊어버린 듯 행동한 자신들이 부끄럽기 짝이 없었다.

"그래도 난 갈 거다."

정적을 깬 것은 백 총수였다.

그가 한발 앞으로 나서자 소월은 그럴 줄 알았다는 듯 웃었다.

"하하, 물론 백 총수님이라면 환영합니다."

"저도 가겠어요."

백 총수가 간다면 반드시 갈 사람이 한 명 더 있었다.

"아가씨는……."

소예령이었다.

근심 어린 소월의 반응에 소예령이 뭐라 입을 열려 하는 찰나, 소월이 또 한 번 웃었다.

"아가씨야 말려도 오실 것이니……. 다만 진백, 태하와 함께하시면 좋겠습니다."

그제야 그녀 또한 밝게 웃었다.

"후훗, 이제 제법 눈치가 늘었네요."

"그나저나 자네가 이리 자신에 차 있는 이유를 도통 모르겠구만. 사흘 전 싸움을 기억하는 자라면 우리가 얼마나 열세에 있는지 알고 있을 텐데 말일세."

조심스런 영충선제의 말에 장문태성을 비롯한 모두가 고개를 끄덕였다.

도대체 소월에게서 볼 수 있는 저 자신감 가득한 표정이 어떻게 나오는지 궁금할 따름이었나 보다.

"이리 쉽게 당한 것은 여러 가지 이유가 있습니다. 잘 짜인 퍼즐과 우연을 가장한 상황을 만들어낸 치밀한 전략입니다."

"전략이라고?"

"예, 그렇습니다."

"과연……."

탄성을 흘린 영충선제는 소월의 말뜻을 이해한 듯했다.

"첫째, 그들의 실력은 절대적이지 않습니다. 정신적 공황과 미리 타두었던 내공을 소진하는 독약의 효과가 극대화된 결과이겠지요."

소월은 영충선제와 장문태성, 그리고 백 총수를 돌아보며 말했다.

"영충선제님은 능히 교주 중 한 사람과 겨룰 수 있었을 것입니다. 그것은 장문태성님과 백 총수님 또한 마찬가지입니다. 시강시에 놀란 것은 사람이라면 누구나가 그러할 것입니다. 다만 갑작스런 등장에 그것을 타계할 만한 내공을 끌어모으지 못한 것 때문에 상황이 악화된 것이지요."

듣고 보니 전부 일리가 있는 말이었다. 아무리 상황이 당황스러웠다 하더라도 그것을 타계할 힘을 가지고 있었다면 그리 쉽게 무너지진 않았을 것이다. 자신들은 우선적으로 결과만 생각했지 왜, 어째서라는 물음을 갖지 않았다.

"그렇다 하더라도 주천련의 괴물 같은 실력은……."

주천련의 괴물 같은 모습이 아직도 선하다. 무림인이라면 그 공포스런 모습과 무공에 움츠려 들지 않을 자가 과연 있을까.

그 말에 반박한 것은 소예령이었다.

"소월 공자는 이곳으로 오기 위해 삼 일 밤낮을 뛰어왔을 것입니다."

"그, 그렇구려!"

"소월 공자가 온전한 체력이었다면 상황이 어찌 되었을지 모른다는 것이겠죠. 그 무시무시하게 생각하시던 주천련 또한 바닥에 누워 있을지도 모르는 일이고요."

소예령의 말엔 다소 허풍이 끼어 있었지만 모두의 사기를 올리기엔 충분했다. 전부 소월을 돌아보았다.

한껏 기대에 찬 표정으로 말이다.

소월은 애써 그들의 시선을 피해야 했다.

"어떻습니까. 역시 저희 아가씨가 내조 하나는 끝내주시지."

은근슬쩍 소월 곁으로 다가와 귓속말을 하는 백 총수.

"씁!"

소예령은 짧은 한마디에 조심스레 그림자 속으로 묻혔다.

그리고 또다시 삼 일이 지난 아침.

소월은 제 손을 두어 번 폈다 쥐었다 했다.

주체할 수 없는 힘이 전신을 감돈다.

분명 그리 심한 싸움에 소진된 공력에 정신까지 놓았음에.

지금의 자신은 완전히 다른 이가 된 느낌이었다.

"내가……."

그는 작게 미소 지었다.

"내가 해야 할 것, 내가 정해야 하는 길을 이제야 찾았다."

第五十二章
미련이 없는 자들만 따라와

劍帝 진소월

자리에 앉아 있는 주천련의 얼굴엔 근심 따윈 보이지 않았
다.

"드디어……."

제 발 아래 고개 숙여 경의를 표하고 있는 자들.

무림맹에 있을 때 자신의 심복이었던 사대호 중 두 명, 게
다가 혈쟁 중 연을 만든 두 명의 교주, 그 뒤로 보이는 수많은
깃발을 짊어진 숨겨져 있는 마교인들까지.

무엇이 그들을 이곳으로 불러들였는가.

"때가 되었다."

주천련의 목소리엔 묘한 울림이 있었다.

"우리가 이곳에 서 있는 이유는 세간에 알려져 있는 것처럼 피를 갈구하는 것도 아니다. 언젠가부터 비틀어진 존재의 증명을 그들이 배척하고 손가락질했기에 그것을 되찾기 위한 싸움을 위해 이곳에 모인 것이다."

숨소리 하나 들리지 않는다.

저 자리에 앉아 자신들에게 목 높여 소리치는 이를 향한 순수한 존경과 갈망, 그리고 두려움이 여기 모인 이들을 지배하고 있었다.

"순수한 패도, 썩어빠진 지금의 무림을 순수한 패도로 다잡는 것이 우리의 사명이다. 그것을 받아들이지 못하고 삶에 안주해 기름진 배를 굴리는 이들은 나는 용서할 수가 없다!"

"와아아아―!!"

들끓는 그들의 함성이 다가올 싸움에 커다란 북소리가 되었다.

"마교로 살아왔다. 그러하니 비록 미려할지라도 마교인으로서 죽을 것이다. 그렇지 않은 자 검을 내려놓고 이곳을 떠나라."

그 누구도 자리를 뜨지 않았다. 이글거리는 분노와 자신들의 패격을 짊어지고 나아가려는 자들이 모인 곳.

무엇보다 싸움을 원하고 억압받았던 마교의 일원.

“그대들은 진정 패격을 논할 가치 있는 자들이로다.”

그들을 바라보는 주천련의 얼굴에 미소가 번졌다.

“이제 그 패격을 이룰 수 있는 자가! 정점에 섰을 지존이 이곳으로 온다! 그를 기억하라! 그의 모습, 그의 말투, 그의 눈빛을 하나도 놓치지 말아야 할 것이다! 그는 우리를 밟고 올라설 패격의 왕! 바로 그대들이 왕을 이루는 거름이 될 것이다!”

“와아아아―!!”

반면, 들끓는 기름 같은 마교의 기세와는 다르게 무림맹은 기운 빠질 일이 터졌다.

“진 공자가 사라졌어?”

싸움의 중심이자 선봉에 서야 할 진소월이 무림맹에서 사라져 버린 것이다.

마교와의 결전이 하루 앞으로 다가와 있는 이 시기에 그가 낮도깨비처럼 사라지자 모두는 혼란에 빠졌다.

그들은 급히 전각에 모여 이 사태에 대해 목소리를 높였다.

“이게 어찌 된 일이외까?”

“이제 와 두려워 꽁무니를 내뺀 거 아니오!”

“그의 실력을 보지 않았소!? 어찌 그런 소릴 한단 말이오!”

“그럼 대체 어디 있단 말이오?”

“혹, 그날의 상처가 아물지 아니하여…….”

“어제까지만 해도 멀쩡해 보이던 이가 말이오?”

“왜 나한테 화를 내시오!”

“내가 뭘 어쨌다 그러오!”

분위기는 점점 최악으로 치닫고 있었다. 모두가 합심하여도 마교에게 대항할 수 있을까 말까 하는 와중에 이런 내분이라니.

“아, 조용!!”

그런 그들의 입을 다물게 하는 거친 외침이 터졌다.

진백이었다.

“동료? 합심하는 마음? 목적? 정파? 사파? 그들의 신념?”

진백은 가증스럽다는 듯 그곳에 모인 이들을 둘러보며 웃었다.

“우습기 짝이 없군. 절대적인 힘 아래 모여든 그런 신념 따윈 필요 없어.”

“지, 지금 무슨 소리를 하는 건가!”

“자, 자네도 분명 혈수마제의 제자 중 하나였지!”

“왜? 꼬우면 붙어볼까?”

진백이 성큼성큼 앞으로 나서자 목소리를 높이던 자들은 주춤주춤 뒤로 물러섰다.

“진백, 그만둬요.”

“놔둬. 너도 뭔 말인지 알잖아. 나 같아도 혼자 갔을 거다.”

소예령이 조심스레 그를 달래보려 했으나 진백은 콧방귀로 그녀의 조심스러움을 일축해 버렸다.

백 총수는 진백의 말에 침묵으로 일관했다. 그의 말이 틀린 것은 아니다.

진백은 한발 물러서 그곳에 기다란 선을 그었다.

진백의 뒤로는 방금 전 그를 타이르려던 소예령과 백 총수, 화산의 영충선제와 무당의 장문태성, 아미파의 서태자명과 주천련의 총관이었던 적왕운이 있었다.

진백은 남은 자들을 향해 입을 열었다.

"지금 이 선 너머 있는 사람들을 당신들과 다르게 소월이 뒤를 맡긴 사람들이다. 일각 뒤에 소월이 싸우고 있을 곳으로 그의 싸움을 방해하지 않고 지켜보기 위해 모인 사람들이야. 싸움에 끼어들진 못한다. 그가 그러하길 바랐으니까."

"호, 혼자서 그 많은 마교인들과 싸우다니 제정신인가? 게다가 그들의 힘을 이미 알고 있지 않은가!"

"그래서 뭐 어쩌라고? 당신네가 대신 가서 싸워주게?"

"그, 그러니 모두가 힘을 합쳐……."

"내가 앞서 얘기한 건 뺄로 들었나 보군.. 좋아, 싸우고 싶은 사람은 마음대로 해. 단 우리는 손을 빌려주지 않아."

"그, 그런……."

"왜, 그럼 분명 질 것이 뻔한 싸움이라 칼을 들기 힘든가 보

지? 이길 승산이 있어야만 발을 담그겠다는 건가? 그래서 혼
자 간 것이다. 당신들이 괜히 손가락 하나, 발가락 하나 살짝
담그고 나도 피를 흘렸네 뭐 했네 할까 봐. 그로 인해 또 다른
이가 희생되어 원망하네 뭐 하네 할 것을 알기 때문에 혼자
간 것이다."

"……"

"아니, 우리가 언제 뭐 그럴 거라고……."

"그렇기 때문에 주문중, 너희가 두려워하고 배척하려던 혈
수마제가 홀로 남아 우리를 선택한 것이다!"

진백의 기합은 모두를 움찔거리게 만들었다.

게다가 그의 옆으로 태하가 서자, 웬만한 자들은 그 자리에
서서 버티기에도 힘에 벅찬 모습이 되었다.

"그의 싸움을 지켜보는 사람 또한 다짐을 받고 나서야 가
능하게끔 하겠다. 문파니 정파니 사파니 하는 것에 목매단 녀
석들이 감히 낄 자리가 아니야."

"……"

"……"

"그러니 그런 것에 미련이 없는 자들만 따라와."

떠나던 소월이 자신에게 한 말을 생각한 것이다.

"새로운 무림, 새로운 강호를 위해선 그것들이 사라져야 할 것

이니까."

　그리고 놀라운 일이 생겨났다.
　움찔거리고 불편한 기색만 내비춰 보일 줄 알았던 자들이 하나둘씩 무언가를 다짐한 얼굴이 되어 진백이 있는 곳으로 걸음을 옮겼기 때문이다.
　씨익—
　진백의 하얀 이가 드러났다.
　"그럼 가볼까!?"
　진백의 앞장선 걸음 앞에,
　무림맹의 수많은 이들이 자신들의 무림을 송두리째 바꿔 놓을 왕의 싸움을 보기 위해 걸음을 옮겼다.

　그리고,

　이제부터 시작되는 이야기는,
　모든 이들이 전부 경험하진 못했으나,
　전해지는 이야기를 대대손손 들려주고 자랑스러워할,
　그리고 동시에 고개를 숙여 그날의 이들을 기릴 이야기다.

第五十三章
부수어 바로잡다

劍 진소월

“……”

“……”

구름은 없었다.

태양은 눈앞의 어스름을 만들어내었고, 뜨거운 공기는 숨
쉬는 자로 하여금 피로를 느끼게 만들기에 충분했다.

소월이 가파른 절벽 위로 모습을 내보였을 때,

“드디어 왔는가!”

그를 발견한 주천련의 의미 모를 희열이 담긴 목소리에,

“……”

눈을 가득 채우는 수천 명의 마교인들과 눈을 마주했을 때,

"……!"

소월이 아닌 마교인들은 그때를 절대 잊지 못하리라.

"자네 혼자 왔다 하여 내가 자네와 혼자 싸우리라는 생각은 하지 않았겠지?"

소월의 귀에 주천련의 커다란 목소리가 들렸다.

반면 소월은 작게 읊조리듯 입을 달싹였다.

"애초에 모두를 상대할 생각이었습니다."

그럼에도 모두의 귓가에 그의 음성이 메아리 쳤다.

"호오!"

주천련의 입가에 비릿한 미소가 걸렸다.

"그 오만함에 걸맞은 힘을 가지고 있다는 것을 누구보다 잘 알고 있다. 네가 가진 그 힘을 맘껏 뽐내라."

팔을 뻗어 제 발밑에 있는 마교인들을 내보이는 주천련을 바라보던 소월 또한 비릿한 조소를 지어 보였다.

그리곤 낭떠러지로 걸음을 옮겼다.

"쯧! 어찌하겠느냐, 이것이 너희들의 운명인 것을."

"운명 따위……. 운명 따위! 개나 줘버려!!"

그때, 그는 찢겨진 반쪽짜리 비급을 안고 제 숙부에게 죽임

을 당할지 모르는 운명을 저주하며 뛰어든 소년이다.

"간다."

탁—

망설임없는 그의 몸이 하늘을 날았다.

소월은 그때와 마찬가지로 이번 또한 늑대 아가리 속으로 자신의 몸을 던졌다.

쉬이익—!

날카로운 바람이 그의 긴 머리를 미친 듯 나부끼게 만든다.

한지 위로 먹이 스며들며 수목화의 폭포를 그려내는 것마냥 그는 그리 검은 머리를 휘날리며 절벽 아래로 뛰어내렸다.

이번 또한 죽기 위해 아가리에 머리를 들이민 것이 아니다.

살기 위해, 살아남기 위해서다.

그의 다리가 솟구쳐 올랐다.

"멸마각!!"

소월의 커다란 기합이 터졌다.

콰앙—!!

그 어느 때보다 깊고 거대한 멸(滅)의 글자가 땅 위를 수놓았다. 적들이 피 곤죽이 되어 하늘을 난 것 또한 당연지사.

떨어져 나간 수십 개의 팔과 다리가 하늘 위로 솟구쳤고, 메마른 땅이 비릿한 피를 잔뜩 머금고 나서야 소월은 그곳에 발을 디뎠다.

척—

학이 우아함을 뽐내듯 가벼이 내려서는 그의 모습에 모두가 할 말을 잃었다.

모든 이가 숨죽여 그를 바라보는 가운데 소월의 입이 작게 떼어졌다.

"모두 덤벼라."

짧은 한마디.

"……!!"

그 말에 모두가 몸을 떨었다.

제 눈앞에 서 있는 수많은 마교인들이 보이지도 않는단 말인가? 다리가 후들거려 주저앉아도 모자랄 판에, 심장이 철로 만들어진 자인가 하는 그런 의심이나 망상 따윈 없었다.

그런 생각이 모두를 사로잡을 정도로 눈앞의 사내는 거대한 태산과 같았다. 그 산을 앞에 두고 겨눈 제 칼이 얼마나 하찮게 느껴졌겠는가.

태산과 같고, 하늘마저 뒤덮을 것 같은 두려운 존재.

자신과 같은 피와 살로 만들어진 인간이라고는 생각되지 않았다.

그야말로 하늘이 내려준 자의 모습.

휘이잉—

불어온 바람이 그를 스쳐 지나갔을 때, 그가 보이는 아름다

움과 두려움은 극에 달했다.

"과연 대단한 기개로구나!"

주천련의 목소리는 격양되어 있었다.

상상 이상이었다.

자신과 백중세를 펼쳤던 무림맹에서의 일전 따윈 그에겐
어린애 장난이었던 것처럼 느껴질 정도다.

와아아아―!!

수천의 적이 소월 한 사람을 향해 거대한 물결을 일으키며
달려들었다.

펑―!

소월의 장력이 기세 좋게 달려든 녀석의 가슴을 박살내 버
렸다.

소월은 더 이상 손속에 인정을 두지 않았다.

새로운 세상을 위해선 분명 사라져야 하는 것 또한 필요한
법. 그것이 소월 자신이 만들려는 길과 전혀 다른 것이라면
배제해야 했다.

"캑!"

소월의 발과 손이 춤을 출 때마다 온전한 비명 한번 지르지
못하고 바닥으로 고꾸라지는 적은 어림잡아도 네댓 명씩 되
었다.

"패격을 논할 자들이라면 목숨을 아끼지 말라! 나 진소월,

그대들에게 온 힘을 다할 것이다!"

날카로운 눈빛.

소월과 눈을 마주하는 적들은 뱀을 앞에 둔 쥐새끼들처럼 두려움 가득한 눈이었다.

그들 또한 자신들이 선택한 길에 후회가 남지 않기 위해 죽을 것을 알면서도 달려들었다.

'인간의 삶이란 이다지 허망한 것인가.'

그들 또한 누군가의 유대를 가진 이였을 것이고, 각자의 뜻을 품어 이날을 살아온 한 명 한 명일 것이다. 다만 그 길이 지금 자신이 만들어낼 세상에는 필요악일 뿐이었다.

'내가 만들어낼 무림이다. 그에 대한 짐을 짊어질 각오, 이미 결심을 굳혔다.'

뻐억—!!

소월의 강력한 발차기에 날아간 적들이 우르르 쓰러져 내렸다. 자세를 잡으려는 이들 또한 소월이 내지른 장력에 핏덩이가 되어 쓰러져 버렸다.

탁—!

그를 중심으로 반경 일 장의 모든 이가 순식간에 뒤로 밀렸다.

소월은 곧바로 제 주변의 검들을 모두 하늘 위로 차올렸다.

인간의 빠르기가 아니었다. 그저 그들의 눈엔 바람이 휘도는 것으로만 느껴질 것이다.

곧이어 수십 자루의 검을 하늘로 차올린 소월 또한 하늘 위로 솟구쳐 올랐다. 소월을 따라 수십, 수백의 적이 하늘 위로 고개를 들었다.

쉬이익—!!

수십 개의 검이 한곳으로 모였다.

어느새 검보다 늦게 떠오른 소월이 검이 모여든 자리까지 뛰어올라 있었다.

절벽의 반 이상을 도약해 내는 것이 과연 인간이 보일 수 있는 무공의 경지란 말인가?

"하늘을 날… 았다."

모두가 놀라는 가운데, 수십 장을 뛰어오른 소월의 두 눈에서 흉흉한 안광이 피어올랐다.

"멸검파격세!!"

소월은 곧이어 모여든 검들을 발로 찍어 내렸다.

파바바바밧—!!

수십 개의 검이 산산이 부서졌고 멸의 기를 고스란히 받은 검의 파편이 저 아래 자신을 올려다보고 있는 적들을 향해 쏟아져 내렸다.

퍼퍼퍽—!! 펑!!

멸의 가공할 위력을 품은 검의 조각은 적들을 뚫은 것으로 모자라 땅 속 깊은 곳까지 그대로 파고들었다.

순식간에 수십의 시체가 만들어졌다.

쿠웅―!

소월이 땅에 내리자 육중한 울림이 모두를 휘청거리게 만들었다.

"하아!"

내려선 소월의 두 눈은 붉은 기운을 내보이고 있었다.

땅을 가르고 한 번의 검에 수십이 나가떨어진다.

꾸역꾸역 달려드는 마교인들 따윈 하찮은 벌레였다.

그의 걸음을 막을 수 있는 것은 아무것도 없었다.

"길을 비켜라!!"

부우우―

그는 다시 한 번 발끝에 기를 집중시켰다.

"멸마각!!"

쾅!!

소월은 날 선 기합을 내뱉으며 바닥을 강하게 찼다.

콰드드득!

내리찍은 바닥을 기점으로 커다란 균열이 거미줄처럼 뻗어 나갔다. 지면이 요동치자 달려들려던 적들이 중심을 잃고 쓰러졌다.

검은 기운이 일렁이는 소월의 양손이 주천련과 사대호, 그리고 마교의 교주들이 자리한 곳을 향했다.

그의 기합이 터졌다.

"멸절쇄파!!"

콰아아—!!

귓청이 떨어져 나갈 만큼 커다란 폭음이 터졌다.

소월의 양손에선 검디검은 기운이 사나운 파도를 만들어 모두를 덮쳤다.

퍽!!

검은 기운은 거대한 검을 치커든 적은 물론이요 주변 이들의 사지를 갈라버렸다.

쇄아아아!!

사방으로 뻗어 나가던 검은 기운은 이윽고 검은 광풍이 되었다.

쩌억!

광풍에 닿는 자들은 누구나 할 것 없이 수박 쪼개지듯 몸뚱이를 바닥에 흩뿌렸다.

"크아악!"

"귀, 귀신!"

넓은 대지였다.

하나 멸의 기운을 피할 수 있는 이는 아무도 없었다.

투두둑—

삽시간에 주변을 둘러싼 수십, 수백의 무리가 다져진 고기
가 되어 떨어져 내렸다. 검은 기운이 휩쓸고 지나간 바닥엔
늘 그렇듯 멸이란 글자만이 남았다.

"진소월! 내 패격의 의지를 너에게 증명하겠다!"

"받아라!!"

쩌렁쩌렁한 외침과 함께 소월에게 달려든 것은 주천련을
따라나선 사대호, 예불계와 사마진이었다.

"지금 내 앞을 막을 수 있는 건 아무것도 없다!"

소월 또한 크게 외치곤 두 사람과 격돌했다.

쉬익—!

소월의 형체가 눈 깜짝 할 사이에 사라져 버렸다.

예불계와 사마진이 느끼지도 못할 정도의 가공할 빠르기
였다.

"무, 무슨……!"

"어느새?"

그들의 뒤로 도아선 소월은 예불계의 등짝에 멸절지공탄
을 날렸다.

펑—!!

"크아!"

"예불계!!"

순식간에 사대호라 불리던 이 중 한 명의 몸뚱이가 형체도

없이 사라져 버렸다.

쉬카—!

"커헉!"

놀라 굳어버린 사마진 또한 모가지를 땅에 떨어뜨렸다.

눈 깜짝할 사이에 무림맹의 중추이자 무림인들의 벽이라 불리던 사대호 중 두 명이 목숨을 잃었다.

"마, 말도 안 돼. 여불계와 사마진이 저리도 쉽게……."

사모주운은 제가 마른침을 연신 넘기는 것조차 느끼지 못하는 듯싶었다.

소월의 싸움을 지켜보는 두 교주 혈악귀도와 진혈대마 또한 마른침을 삼켜야했다.

"이, 이것이……."

"역시 그분의……."

다르다.

무엇이 다른가?

격이 달랐다.

그야말로 무림인과 동네 코흘리개의 싸움.

"허허허."

지금의 소월을 보는 주천련은 싸움을 위해 태어난 투신을 보는 기분이었다.

아니, 투신 정도로는 설명할 길이 없었다.

수천이나 되는 적 앞에서 눈 하나 깜빡이지 않고 숨 한 번 고르지 않았으며, 지금도 피의 광풍을 일으키며 자신들에게 한 발 한 발 다가서는 그의 모습은 그야말로 지옥의 신(神)이 었다.

그는 눈을 떨었다.

"상상 이상의 사내가 되었구나."

늘 자신이 원하고 바라던 지옥을 평정할 황제가 지금 눈앞에 자리하고 있다.

그것도 압도적인 힘을 보이며 말이다.

퍼엉—!!

소월이 잡아 든 적을 날려 버리자, 그는 주변의 마교인들과 한데 뭉쳐 날아가 버렸다.

쉬익—!

잔인한 권풍이 지나갈 때면 어김없이 피의 바람이 불었다.

"멸마각!"

또 한 번 소월의 다리가 춤추듯 하늘 위로 솟아올랐다.

콰앙—!

땅이 갈라지고 사람이 부서져 내린다.

그럼에도 마교인들을 주춤거리지 않았다. 이젠 자신의 목숨을 내놓은 듯 소월을 향해 달려들고 있었다.

　마치 그에게 죽는 것이 영광된 일인 양 계속해서 몰려드는
수백 명의 마교인들의 모습은 그야말로 불속으로 뛰어드는
나방과 같았다.

　"멸절환영파!!"

　소월의 몸에서 터져 나온 미친 듯한 폭풍이 주변을 쓸어버
렸다.

　콰앙!

　소월을 둘러싸고 있던 수십 명의 마교인들은 허수아비처
럼 하늘을 날았다.

　흙먼지가 사방으로 날리고 땅이 갈라졌다.

　그가 지나간 자리에 맞춰 떨어져 나간 수백의 시체가 소월
주변에 쌓였다. 어느새 수백에 달하던 마교인들의 숫자는 눈
에 띄게 줄어들어 있었다.

　"울어라, 귀검!"

　끼아아아!

　콰앙—!!

　소월에게서 멀리 떨어져 있지 않은 곳에서 폭발음이 터졌
다. 실 풀린 인형처럼 하늘 높이 날아올랐던 시체들이 소월
발밑까지 날아들었다.

　소월은 자신의 싸움에 끼어든 사내를 바라보았다.

　"커흐으."

"이걸로 예전 빚은 갚은 걸로 하지요."

스윽―

진혈대마의 목을 뚫고 나온 귀검을 천천히 빼내 드는 사내.

그의 발밑엔 이미 백 총수과 난투전을 벌였던 혈악귀도의 모가지 또한 굴러다니고 있었다.

사내 역시 손에 들린 검을 내려세우곤 소월을 바라보았다.

모용비였다.

"…올 줄 알고 있었습니다."

"그래."

모용비 한 명뿐이었다.

소월의 이 싸움에 발을 들일 수 있는 자격을 갖춘 자는.

마교와의 연을 가진 수많은 사람들 중에서, 혈쟁이 낳은 수많은 비극을 안은 자들 중에서, 이곳에 설 자격이 있고 소월과의 풀어야 할 것이 남은 자는 모용비 한 명뿐이었다.

두 사람이 서로를 바라봄에 그 누구도 곁에 다가서지 않았다.

불나방 같던 수백 명의 마도 또한 두 사람이 내보이는 조용한 살기와 얼음장 같은 한기에 자리에 굳어 그들을 바라보았다.

"내가 너의 싸움에 끼어든 것이 불만스럽진 않은가?"

"당신은 괜찮습니다."

"이 싸움이 어째서 너의 싸움인지는 알고 있는가?"

"예."

"주천련이 갑작스레 변한 이유 또한 알고 있는 것이겠지."

"예, 그는 스스로 나를 이곳으로 불러들여 모든 것을 끝내려 하는 것이지요."

킥—

모용비는 특유의 조소를 지었다.

"사실을 아는 자치곤 꽤나 냉정하군. 주변은 온통 시체의 산인데 그 얼굴은 이와는 전혀 관계없다는 듯 평온해 보이기까지 하고 말이야. 무림맹에서의 일이 자네를 이리 변화시켰는가."

"그럴지도."

모용비의 작은 도발이었으나 소월은 덤덤한 투로 대꾸했다.

"내가 내 아비를 치고 무림맹에서 싸운 뒤 깨달은 것은 두 가지."

모용비를 바라보는 소월의 시선은 흔들림조차 없었다.

"하나는 내가 운명을 거슬렀다고 생각했으나 그것이 아니라는 것. 또 하나는 당신이 말한 비정함은 이루고자 하는 간절함이 만들어내는 또 다른 얼굴이라는 것."

소월의 얘기를 듣던 모용비의 표정이 꽤나 흡족한 모양새를 보였다.

"그래, 너는 네 운명을 거슬렀다고 생각하지만 그 반대다. 결과적으로 보면 온 무림이 너라는 이를 만들어내기 위해 피를 보았던 것이지. 마치 사흑련이 마교를 없애 버리기 위해 나를 만들어낸 것처럼."

하지만 어두운 눈동자와 마교인들을 베어 쉼없이 흘러내리는 피를 뒤집어쓴 그의 모습은 그 역시 운명에서 벗어나지 못하고 정해진 길을 걷고 있음을 알렸다.

"이 얼마나 무지에서 비롯된 것인가. 이념이 다르다는 것과 그것을 이해하지 못한 무지가 만들어낸 비극의 결과가 나다. 그리고 그것을 바로잡을 자는 누가 뭐라 해도 너이겠지. 주천련은 아마도 무림맹에서 너에 대한 확신을 받고 싶었을 것이다. 더불어 너를 위해 가장 진하고 가장 잔혹하며 가장 독한 독약을 제 스스로 먹은 셈이 되겠지."

"그것 또한 아는 바. 운명을 정한다는 것은 따라가는 길에 후회하고 소리치는 게 아니라는 것을 이제 알 수 있게 되었소. 내 길을 받아들이고 그것을 포용하는 사내의 그릇을 갖는 것이 곧 운명을 내가 만들어간다는 것을 알게 된 것이기도 하고. 이중엔 분명 무고한 자의 피도 있을 것. 하나 내가 선택한 길은 무고한 자의 피는 가치가 없소. 오히려 지금 내가 밟고 올라서는 마교인과 밟고 올라선 자들의 피가 더욱 값어치 있는 의(意)."

소월의 말은 길었다.

그리고 어려웠다. 그럼에도 마교인 모두는 소월의 말에 집중하고 있었다.

"……"

"꿀꺽."

지옥도를 방불케 하는 시체의 산에서, 그리고 그 시체 중 하나가 될 수 있는 제 운명 앞에서 누군가의 이야기에 귀를 쫑긋 세우고 이리 들을 정도라니.

그들이 스스로도 놀랄 만큼의 집중력을 보이는 데는 이유가 있었다. 한마디 한마디가 자신들이 원하던 답이요, 자신들이 바라던 이상이었다.

"이런저런 어려운 말을 늘어놓는 솜씨가 제법 늘었구나. 이 많은 자들 앞에서 피가 뜨거워지지 않고 이미 자신의 길을 누군가에게 전할 수 있다는 것만으로도 너는 이미 대단한 사내가 되었음을 나 또한 인정한다."

"이제 되었다면 검을 들겠소."

"우리는 만난 시기가 잘못된 것 같군."

소월은 모용비와의 첫 만남을 떠올렸다.

누구보다 강했고 소름 돋았던 첫 만남.

자신이 우물 안 개구리라는 것을 똑똑히 알게 해주었고, 하마터면 잊을 뻔했던 죽음의 그림자에 대해 다시 한 번 일깨워 준 자이기도 하다.

게다가 진환륜과의 모진 인연의 고리를 끊어버리려던 그 시간에도 자만하고 있던 자신보다 위에서 상대를 이용하는 철두철미함과 교활함을 보인 대담하고도 비정한 사내.

반대로 말하자면 자신보다 더욱 지독히 목적을 위해 달려온 사내.

"둘 다 같은 것을 추구하였음에도 그 방법과 방식, 살아온 삶이 달랐기에 이리 어긋나 버렸지. 하지만 어찌 되었든 추구하는 바는 같다고 본다. 그리하여 이곳에 온 것이다."

"추구하는 바가 같다는 것은……."

"목숨을 걸 가치가 있다고 느꼈기 때문이다. 진소월 너에게 말이다."

소월도 모용비도 이 말을 끝으로 더 이상 이념이니 신념이니 목적이니 하는 것엔 관심을 두지 않았다.

진백이 늘 입에 담고 다니는 것처럼 강한 자가 결국 세상을 만들어내는 것이었으니까.

서로를 응시하던 두 사람 중 먼저 입을 연 것은 모용비였다.

"이제 우리의 숙명을 끝내자."

그는 귀검을 들었고, 소월은 도포 앞자락을 뒤로 넘겨 자세를 잡았다.

스스스스—

소월의 전신을 휘감은 멸의 기운은 숨 막힐 압박감을 뿜어 냈다.

그런 소월을 바라보는 모용비 또한 오싹한 한기를 내었다.

끼이이—

모용비의 손아귀에 들린 귀검이 차갑게 울었다.

누가 먼저라 할 것도 없었다.

"천지광란!!"

두 사람의 입에서 터진 일갈은 주변 일대를 쩌렁쩌렁 울렸다.

말 그대로 하늘과 땅이 요동치는 수십의 검기가 소월을 향해 날아들었다. 게다가 귀검의 무시무시한 살기와 광기가 더해져 그 위력은 상상을 초월했다.

"멸천지격세!!"

멸천지격세. 소월의 몸에서 터져 나온 검은 기운이 회오리치듯 하늘 위로 뻗어 올라가다 모용비를 향해 떨어져 내렸다. 동시에 제 손에 모여 있는 기운을 소월은 미친 듯 뿌려대기 시작했다.

소월의 주먹 속도가 번개처럼 빨랐다.

빨라도 너무나 빨랐다.

손이 보이지도 않았다.

그보다 더욱 빠른 건 소월의 손을 떠난 무시무시한 기의 권풍이었다.

쩌저정—!!

모용비의 천지광란과 소월의 멸천지격세가 부딪치자 벼락이 내리꽂히는 폭음이 터졌다.

소월의 일장이 모용비의 등 뒤를 가격했다.

캉!

동시에 한줄기 흑영이 소월의 등 뒤에서 어둠을 안고 나타났다.

"환영인가!"

슈악—!

날카로운 소리와 함께 권풍을 피해낸 모용비의 귀검이 소월의 가슴을 향해 날아들었다.

그 속도는 바람마저 잘라 버리는 듯했다.

소월은 재빨리 발을 뒤로 빼면서 멸절비상을 펼쳤다.

퓨숭!

기의 폭풍을 뚫고 소월의 몸이 공중 위로 솟아올랐다.

연달아 소월이 있는 곳을 향해 모용비의 검기가 또다시 날아들었다.

그 선두엔 언제나 귀검이 있었다.

쉐악—!!

이빨을 드러낸 이리의 공격마냥 소월의 목 언저리를 물어 뜯으려는 귀검을 소월은 정면으로 내려쳤다.

쾅—!!

끼에엑—!

귀검이 고통에 찬 울부짖음을 내뱉었다.

동시에 소월 또한 온몸을 뒤흔드는 충격으로 몸이 뒤로 날아갔다.

팟—!

모용비 또한 하늘 위로 몸을 날렸다.

천풍선의 위력은 가히 멸의 비급을 상대할 만했다.

모용비는 이미 소월이 멸절비상으로 뛰어오른 것보다 반 배는 더 높게 뛰어올랐다.

튕겨진 귀검을 잡아챈 그가 커다란 기합을 내질렀다.

"귀검무(鬼劍舞)!"

콰앙—!!

모용비의 귀검이 하늘에서 내리치는 벼락같이 잔상을 날리며 소월을 향해 내리꽂혔다. 날카로운 예기가 피에 젖은 것처럼 붉다.

소월은 급히 멸절강기를 극대로 끌어올렸다.

펑—!!

그와 동시에 양손을 교차시켜 날아드는 귀검의 공격을 흘려내는 데 성공했다.

쫘악—!

공격은 가까스로 흘러내렸으나 소월의 가슴팍에 커다란 혈흔이 생겼다. 멸절강기를 극대로 끌어올렸음에도 귀검의 미친 예기를 맨손으로 막아내는 건 무리였다.

그때였다.

"아가야! 이걸 사용하거라!"

자신을 부르는 소리에 급히 고개를 돌려보니 검 한 자루가 날아들고 있었다.

태하의 검이었다.

탁—

자신이 뛰어내렸던 절벽 아래로 백 총수와 소예령, 그리고 진백과 태하를 비롯한 이들이 자리하고 있었다.

그리고 그들 앞엔 너무나도 익숙하고 반가운 얼굴이 그를 반겼다. 호탕한 웃음소리, 불어오는 바람에 팔 없는 오른 소매가 펄럭인다.

"사부님!"

"끝내고 오너라."

주문중의 한마디에 소월은 태하에게 받은 검을 받은 채 땅으로 내리섰다.

"이걸로 우리의 운명과 만남에 종지부를 찍겠다!"

모용비가 고함을 쳤다.

콰콰콰콰—!!

그의 신형은 어느새 소월의 바로 머리 아래로 떨어져 내리고 있었다.

"광풍(狂風)!!"

촤자작!

일순간에 세 번이나 휘둘린 그의 검은 요란한 소리를 내며 번개처럼 소월을 향해 내리꽂아졌다.

스으으으—

이번엔 소월 또한 가만있지 않았다.

그의 손엔 태하의 검이 있었다.

그는 곧장 멸의 기운을 끌어올렸다.

팅—!

그리곤 맑은 소리와 함께 소월의 손에 들린 태하의 검이 뽑혀져 나왔다. 하나 소리와 달리 뿜어져 나온 기운은 무시무시했다.

"멸풍!!"

주천련과 싸웠던 무림맹의 드넓은 전각을 흔적도 없이 날려 버린 무시무시한 검기가 다시 한 번 태하의 검에서 뿜어져 나왔다.

콰아아아—!!

두 개의 기운이 부딪치자 땅이 울리고 하늘이 떨렸다.

주변의 이들이 놀라 주춤거릴 정도로 엄청난 기운이 엉켜 들며 매섭게 싸워대기 시작했다.

"으아아아!!"

모용비는 사력을 다해 자신을 덮치는 무시무시한 기운을 뚫으려 했다.

귀검은 울었고, 천풍선은 그의 다리를 내리눌렀다.

백림자수를 입고 있었음에도 소월의 기운은 귀검을 잡은 제 팔을 튕겨 버렸고, 자신을 억누르던 천풍선을 날려 버렸으며, 몸을 두르고 있던 백림자수가 무색할 정도로 자신을 갈가리 찢어발겼다.

뜨드득—!!

분명 천의 무구는 강했다.

하지만 그 무구를 감당하기엔 지금의 자신은 너무나도 약해져 있었다.

"진소월!!"

다시 한 번 이를 악물어 기운을 피해보려 하지만 이미 늦었다.

콰앙—!

커다란 폭발음과 함께 모용비의 신형이 피를 뿌리며 바닥에 처박혀 버렸다.

떨어진 모용비를 향해 가차없는 소월의 발차기가 이어졌
다.

"멸마각!"

그동안 보였던 멸마각의 어떤 기운과도 비교되지 않을 거
대한 기운이 모용비의 머리통을 작살내기 위해 내리꽂혔다.

"그만두거라!"

쩌엉—!!

주문중의 사자후가 아니었다면 모용비의 머리통은 이미
으깨져 버렸을 것이다. 소월은 아슬아슬하게 몸을 틀어 멸마
각을 저편으로 날려 버렸다.

거대한 풍압에 모용비의 몸이 나뒹군다.

이미 풍압마저 견딜 수 없을 정도의 만신창이가 되었다는
것이다.

바닥을 구르던 모용비를 다가간 주문중이 안아 들었다.

"……주 노사 아니십니까."

모용비를 안아 든 주문중이 쓰게 웃었다.

"이제 만족하느냐?"

"고얀 녀석, 내 팔을 싹둑 잘라 버리다니."

주문중의 팔이 잘렸다는 것.

무엇보다 그 장본인이 모용비라는 사실은 소월도 의외인

듯했다. 그의 시선에 모용비가 쓴웃음을 지었다.

"네 사부의 팔을 쳐내지 않았다면 비악선려의 신의를 얻지 못했을 것이다."

"볼수록 고얀 놈이다."

"이제 되었습니다."

모용비에게 작은 핀잔을 준 주문중은 바닥에 떨어진 귀검을 주워 들었다. 그의 손에 들린 귀검이 작게 울었으나 주문중의 힘 앞에 귀검 또한 금세 잠잠해졌다.

"이로써 천의 무구는 완성되었다. 잠시일 뿐이지만 술자의 목숨을 담보로 자라난 천의 무구는 새겨진 생명이 다할 때까지 굶주림을 잊고 살겠지."

그는 그것을 간신히 몸을 추스르며 일어선 모용비에게 건넸다. 그리곤 아무 말 없이 그를 바라보는 소월을 향해 입을 열었다.

"멸의 비급은 술자의 자아를 둘로 분리시켜 더욱 강한 갈망과 유혹으로 그를 주화입마에 빠뜨려 버린다. 그걸 이겨낼 수 있는 자는 없다고 봐도 무방하지. 단순히 강함만을 위해 멸의 비급을 익힌 자라면 그 귀신을 이길 수 없다. 하나 너는 달랐다. 강하기 위해 멸을 익힌 것이 아니라 살아남기 위해, 그리고 가슴속에 의를 품었기에 파황군을 삼켰던 그 귀신에게 자아를 빼앗기지 않았으리라. 장하구나, 제자야."

“…….”

주문중의 보기 드문 칭찬이었으나 소월의 시선은 모용비에게서 떨어지지 않았다. 그의 눈동자는 혼란스러움에 작게 떨리고 있었다.

“녀석이 원한 거다. 어차피 이놈의 몸 상태로는 절대 이길 수 없는 싸움이었다.”

“알고 있습니다. 천의 무구가 가져다준 벌이겠지요.”

주문중에게서 귀검을 건네받은 모용비가 한발 한발 소월을 향해 다가섰다.

그를 바라보는 소월의 손이 부르르 떨렸다.

‘누이…….’

자신의 누이를 이용한 자다.

게다가 자신을 이용했다.

그리고 죽이려 들었던 사내다.

비정하기 때문에 누군가를 이용하는 것에 대한 반감을 가지고 원망을 살 만큼의 세상을 살아온 사내였다.

하지만,

하지만 지금 자신에게 걸어오는 그의 모습은 무인(武人)이었다. 그의 걸음이 소월의 앞에서 멈춰 섰다.

“하아… 하아… 크윽… 하아…….”

불규칙하고 거친 그의 숨소리가 소월의 귓가를 가득 채웠다.

“하아, 하아, 이것을… 가져가라. 그리고 싸움을 끝내.”

모용비는 천천히 천풍선과 백림자수를 벗어 소월 앞에 던졌다. 백림자수를 벗은 그의 몸 여기저기는 이미 깡말랐고 전에 보였던 균열이 거미줄처럼 뻗어 나가 있었다.

“…….”

조용히 자신을 응시하는 소월을 향해 모용비는 쓰게 웃었다.

“후후, 그래, 벌이다. 그리고… 후우… 후우… 이것이 내 목적이 가졌던 신념이다. 이놈들을 벗어던지니 이제 좀 나아졌군.”

그 어느 때보다 그는 지쳐 보였다.

“어차피 내 목숨은 딱 이 정도였다. 비악선려의 거래에 응했을 때부터 말이지.”

모용비는 마지막으로 귀검을 소월의 발밑에 내려놓았다.

“이거면… 죽은 네 누이의 슬픔에 조금이나마… 값을 치르는 것이 될까 싶다.”

소월의 눈동자가 작게 흔들렸다.

제 목숨과 맞바꿔 천의 무구를 완성시켰다. 그리고,

“처음부터 이럴 생각이었나?”

킥—

모용비는 특유의 웃음을 지었다.

툭—

그의 품에서 숫자가 새겨진 작은 목패들이 떨어져 내렸다.

목패들을 손에서 떼어놓지 않기 위함인 듯 가까스로 손을 뻗은 그에게 소월은 목패들을 주워 모용비의 손에 쥐어주었다.

"내가 말했지. 우린 만난 시기가 안 좋았다고. 모로 간다 해도 원하는 것은 같았어. 다만 방법을 의논할 줄 몰랐던 것뿐이지."

"당신……."

"그 만남의 시기만 달랐다면… 너와 나는 좋은 벗이 되었을지도 모르겠구나."

그 말을 끝으로 더 이상 아무 말도 하지 않았다.

"……."

소월은 잠시 눈을 감았다.

그에 대한 기억을 아무리 떠올려 보아도 좋았던 기억은 단 하나도 없었다.

아니, 맨 처음 자신에게 건네주며 사람 좋게 웃어 보인 그의 첫인상. 그것이 모용비의 진정한 모습이었다면 분명 두 사람의 행보는 지금과는 전혀 달랐을 것이다.

각자의 위치, 신념, 그리고 입장.

이것 또한 하나의 운명일까 싶어 소월은 살짝 입술을 깨물었다.

주변은 고요했다.

하지만 시체들 사이에서 도망친 자는 없었다.

게다가 무림맹에서 온 다른 일행에게 검을 겨누는 자도 없었다. 그들의 시선은 오직 패격의 왕이 될 소월에게 향해 있었다.

슥─

소월은 귀검을 들었다.

"나는 오늘 지정한 무사들을 만났다. 내 혼신의 힘을 다해 그대들을 상대할 것이다. 후회가 남지 않도록 온 힘을 다해 덤벼라."

그의 말이 떨어지기가 무섭게 남아 있던 마교인들이 벌 떼처럼 소월을 향해 달려들었다.

*　　*　　*

탁─

그야말로 황토밭 대지가 붉게 물들어 있었다.

진동하는 피의 비릿함과 눈앞에 펼쳐진 지옥 같은 모습에 무림맹에서 온 모두는 마른침을 삼켰다.

푹─!

"컥!"

쿵―!

그리고 마침내 마지막으로 쓰러져 내렸다.

주인이 바뀐 귀검은 너무나 쉽고 빠르게 끝나 버린 싸움에 못내 아쉬운 듯 몸을 부르르 떨었다.

"실로 가공스럽군요."

"정녕 저 시주가 적으로 돌아섰다면……."

서태자명의 흔들리는 시선은 그녀가 얼마나 그 끔찍한 상황을 꺼내기 싫은지를 알게 해줬다.

"끔찍했을 것이야."

장문태성의 말꼬리에 영충선제의 헛웃음이 뒤를 이었다.

"나와 싸웠을 때완 천지 차이가 되었군. 마치 무(武)를 위해 태어난 사람 같군."

그 말에 모두가 동의하듯 고개를 끄덕였다.

"멸의 비급 때문인 건지 아니면 진 공자가 가진 천검성의 위력이 대단한 것인지……."

"둘 다 아니에요."

백 총수의 중얼거림에 소예령은 고개를 저었다.

"멸의 비급도, 그가 가진 천검성의 자질도 아니에요. 그가 강한 건… 몇 번이나 반복된 아픔과 운명을 딛고 일어선 그 자신 때문이지요."

“그래, 너는 나와 같은 생각을 하고 있구나.”

“……”

진백이 소예령의 이야기에 맞장구쳤다.

태하는 모두가 소월을 바라보고 있는 가운데 조용히 주문중이 가져다준 제 검을 잡고 그가 마주하고 있는 사내를 바라보았다.

주문중은 어느새 멀찌감치 있는 주천련과 마주하고 있었다.

또 한 번 비릿한 바람이 두 사람 사이를 지나쳤고, 주문중의 허전한 오른팔이 펄럭였다.

오랜 벗은 그렇게 말없이 서로를 응시하고 있었다.

“네가 제갈성을 죽인 것이더냐.”

“그래, 내가 제갈성을 죽였다. 너도 그러했지만 확실한 방법이 있는데도 사흑련을 만들어 되지 않는 일을 벌이고 있는 짓거리라니….”

“제갈성을 그리 만든 게 너냐 물었다.”

“이미 지나간 일에 대해 변명은 하지 않겠다. 그렇게 되면…….”

말꼬리를 흐리던 주천련의 목소리에 후회가 배어 있음을 주문중은 알 수 있었다.

그러나 그것도 잠시 다시 고개를 든 주천련의 눈에 마광이

번뜩였다.

"그를 불러냈지. 소월이에 관해 할 이야기가 있다고. 내 얘
기를 들은 제갈성은 격렬하게 반대했다. 그럴 만도 했지. 제
손으로 그리 만든 자식인데 이제 와 현실을 받아들이지 못하
고 똑같은 일을 저지를 순 없었을 테니까. 게다가 네가 커가
는 것을 보며… 많이 변했겠지."

"……."

"더 이상 할 얘기는 남아 있지 않겠지?"

"…하아."

주문중이 작게 숨을 내셨다.

그답지 않게 나긋나긋한 목소리로 말을 이었다.

"내 팔이 이러하니 너와 싸우긴 그른 듯싶구나."

"주가야."

"진정 너에 대한 미움이 커져가고 있으나 그 또한 파황군
에 대한 너의 의를 실행한 것이라 믿는다. 게다가 손을 놓고
있는 우리가 밉기도 했을 것이다. 그래, 매듭을 위해 우리가
만들어내지 못한 패격의 왕을 네 손으로 만드는 가장 어려운
길을 선택한 것이겠지."

주천련은 한동안 입을 떼지 않았다.

쉬잉—

또 한 번 바람이 불었다.

마비된 코끝은 더 이상 피의 비릿함을 느끼지 못했다.

그들의 인생도 마찬가지였다.

어느새 그들은 무언가에 길들여져 무뎌졌고 익숙해진 것이다.

다만 주천련만큼은 그 코를 찌르는 비릿함을 잊지 않고 제 가슴에 품었던 것이다.

파황군의 죽음도, 그들이 나눴던 결의도, 믿었던 신의도, 그리고 만들고자 했던 강호의 모습까지도 말이다.

"마교엔 그들이 원하는 패격의 왕을 만들어주고 동시에 무림맹은 뿌리를 뽑아 새로운 질서를 만들어낸다. 또한 패격의 왕은 마교를 송두리째 파멸시킬 것이고, 뿌리 뽑힌 무림맹은 이제 무림이라는 커다란 대지에 흙이 되어 뿌려진다."

"오랜만에 듣는 얘기로구나. 나도 솔직히 저 녀석을 제자로 들이기 전에 많은 고민을 했다. 정녕 운명이라 믿었던 것이 네 손아귀에서 놀아난 꼴이 되어 우습긴 하지만 이제 와 어쩌랴."

"우스울 것이 뭐가 있는가. 누군가의 운명은 누군가로 인해 이어지는 인과나 마찬가지."

주문중은 멀리서 자신들을 향해 걸어오는 소월을 돌아보며 말했다.

"내 제자는 네 생각보다 훨씬 강하다. 그리고 네가 원하는

길을 만들어주긴 하겠지만 방식은 전혀 다를 것이야. 게다
가……."

그는 잠시 말을 멈추고 입술을 달싹였다.

두어 번 말을 뱉을까 말까를 고민하는 모습을 보이던 그가
조용히, 그리고 무겁게 말을 이었다.

"네가 굳이 목숨을 내놓지 않아도 될 수 있다."

주천련은 쓰게 웃었다.

"모두를 사지로 몰아넣었다. 내 마음은 이미 이것을 각오
했다. 내가 모든 것의 마침표가 되는 것이 내 바람이다."

"……."

"……."

그 짧은 침묵 속에 많은 것이 담겼다.

"고맙기도 하고 밉기도 하고… 주문중 네놈은 끝까지 유별
난 놈이로구나."

"내가 할 소리다, 이 너구리 같은 자식아."

보일 듯 말 듯한 미소를 내보인 주문중은 어느새 제 등 뒤
에 선 소월을 돌아보았다.

"저 녀석의 마지막이 될 싸움이다. 후회 같은 거 없이 모든
것을 쏟아 부을 수 있도록 해다오."

"알겠습니다."

주문중의 눈가는 촉촉이 젖어들어 있었다.

모두와 함께한 수십 년의 세월, 많은 이야기.

파황군의 다짐과 함께하기로 한 혈기왕성한 시절.

좌절과 고통, 은거와 오열.

그리고 지금 태산으로 변모한 눈앞의 제자를 보며 주문중은 굵은 눈물 한줄기를 흘려 내렸다.

'이것이 강호, 이것이 무림.'

조용히 자신을 기다리는 진백 등에게 걸어가는 그의 등 뒤로 주천련의 마지막이 될 목소리가 들렸다.

"그래, 결국 이리 될 것이었어."

"……."

"알고 있었나?"

"예, 이리 하시기로 한 걸 말입니다. 싸움이 끝나고 나면 모두에게 당신의 생각을 알릴 생각입니다."

"바보 같군. 마지막으로 하나만 더 묻도록 하자."

"말하십시오."

"네가 패격의 왕이 되고 나를 죽여 마침표를 찍었을 때, 그 뒤에 너는 무엇을 할 것이더냐?"

그 물음에 소월은 조금의 망설임도 없이 단 한 마디를 입에 담았다.

"……."

"그래, 그러했구나."

주천련의 얼굴에 환한 웃음이 피었다.

"네가 돌아갈 그때, 이 땅에 지워지지 않을 그것을 새겨다 오."

"원하신다면."

"간다!!"

주천련의 손이 수직으로 내리 찍혔다.

소월의 검을 두 동강 낼 듯이 강력한 한 방.

모든 것을 일격에 걸었다.

슈아악—!

엄청난 바람 소리를 내며 그의 손이 소월의 정수리를 향해 내리 찍혔다.

스아악—

동시에 소월의 손에 들린 귀검이 바람을 찢으며 주천련을 덮쳤다.

종장(終章)
그가 들었던 한마디

울긋불긋한 붉음으로 덮인 넓은 땅.

태양을 가릴 듯 높게 솟아 있던 탑은 무너졌다.

가운데 자리한 동강 난 귀검이 꽂힌 무덤을 중심으로 수백

의 비석은 제 주인을 품고 앞으로 수년의 세월을 살아가리라.

마지막······.

바람이 불어도, 비가 내려도, 눈이 쌓여도,

하물며 벼락이 내리친다 하더라도,

절대 지워지지 않고 영원히 새겨져 있을,

거대하고 깊은 네 글자.

天下統一!
천하통일!

『검제 진소월』 완결

「무림포두」, 「염왕」의 작가 백야!
그가 칠 년 동안 갈고닦아 온 역작 「취불광도」!

강호 일신(一神), 검신 한담(邯鄲).
오직 검 한 자루로 무림을 지배하고 다스리는 인물.
강호를 지배하는 또 하나의 손, 또 하나의 검…….

기이한 파계승의 손에서 자란 나정은 스승과 함께 떠난 무림행에서
이십 년 전의 혈난을 만들어낸 금단의 무공을 만나게 되고……

그에게 잠재되어 있던 거대한 힘이 운명의 안배에 따라 깨어난다!

어린 동자승, 나정이 만들어가는 무림 기행!
또 하나의 전설이 이제 시작된다!

無籍門主
무적문주

눈매 新무협 판타지 소설

FANTASTIC ORIENTAL HEROES